KB038835

평등·평화 공동체로의 여정

평등·평화
공동체로의
여정

강인순·젠더교육플랫폼효재 기획

| 인 터 뷰 로 쓴 **이 이 효 재 자 서 전** |

1세대 여성학자,
분단 사회학의 개척자,
실천하는 여성운동가

한울

차례

엮은이의 말

2020년 10월에 이이효재 선생님이 돌아가셨으니 올해로 3주기가 된다. 시간이 빠르게 흐른다. 아직도 선생님이 진해에 살고 계시는 듯한 착각을 한다. 선생님이 돌아가신 후 선생님의 학문적 활동과 업적, 실천적 삶을 우리 모두 기억하고 계승하고 발전시켜야 한다는 생각에 선생님이 생전에 인터뷰하신 내용을 모아 지은희 선생, '젠더교육플랫폼 효재(구 한국여성사회교육원)'와 함께 정리했다. 선생님은 생전에 여러 사람과 인터뷰하셨지만, 2002년 '민주화운동기념사업회'의 지원을 받아 지은희 선생과 김희은 선생이 인터뷰한 자료가 선생님의 생애를 비교적 상세하고 체계적으로 담고 있어 이 책의 편집은 주로 이 인터뷰 자료에 근거했다. 그리고 2002년 이후에 선생님의 진해 생활은 지역 방송국이나 지역 여성단체와 인터뷰한 자료를 근거로 정리했다.

선생님은 실천하는 여성 사회학자로 여성운동의 선구자셨다. 책에도 언급되지만, 선생님은 '여성운동의 대모(代母)'라는 칭호는 싫다고 하셨다. 선생님은 "시대적 상황에 따라 자신이 해야 하고 할 수 있는 일을 했을 뿐이며 그 호칭은 싫다"라고 하셨다. 선생님은 철학 공부를 더 하고 싶어 미국 유학을 결심했으나 미국에 가서는 사회학을 공부하셨다. 미국에서 계시던 중에 6·25전쟁이 터지자 석사학위만 마친 후 빠르게 돌아오셨다. 1957년 귀국하면서 선생님은 "민주주의 실현을 통한 민족주체성의 확립과 통일, 근대화를 통한 가족의 변화와 여성의 사회참여를 기대하면서 장차 조국에서 할 일을 다짐했다"라고 하셨다.

귀국하고 얼마 지나지 않은 1960년대 초에 선생님은 이화여자대학교 교수가 되셨다. 1960년대 우리 사회가 근대화하면서 변화하는 사회에서 선생님은 '여성은 지역사회의 주인이다'를 화두로 삼아 여성들이 맡아야 할 사회적 역할의 중요성과 필요성을 학생들에게 강조하셨다. 이 시기에 선생님은 유학 중 접한 이스라엘의 국가 건설 사례를 바탕으로 협동조합과 공동체 운동에 관심을 갖기 시작하셨다. 이런 관심에 따라 선생님은 1960년대 중반 이스라엘 노총의 초청을 받아 이스라엘의 협동조합과 노동조합을 시찰하셨다.

그리고 여성을 가족 소비생활과 가족 건강을 지키는 주체로 강조하고 가족 건강을 지키는 생명 존중 사상을 바탕으로 식탁에서의 안전을 위해 자연과 환경 프로젝트를 서울 화곡동에서 실시하셨으나 유신 정권이 들어서면서 중단되었다. 이처럼 선생님은 생명 존중과 환경보호의 중요성을 일찍이 주장하셨다. 선생님은 인간이 자연과 공존하기 위해 환경 교육의 중요성을 강조하셨고, 공동체와 협동조합에 대한 관심은 이후에도 지속되어 평생의 실천 과제가 되었다.

1970년대가 되면서 선생님은 미국 유학 시절 배웠던 미국 사회학의 주류였던 구조기능주의론에 대해 학문적 회의를 갖게 된다. 1974년 미국 피스크 대학교 교환교수 시절 '검은 것이 아름답다(Black is beautiful)'는 피스크 대학교 사회학 교수들의 흑인 사회학에 대한 문제 제기를 통해, 흑인 사회학은 선생님의 학문적 인식을 변화시키는 바탕이 되었다. 당시 피스크 대학교 사회학 교수들은 주류 사회학을 '백인 사회학'으로 규정했다. 이와 더불어 선생님은 미국에서 공부한 구조기능주의론이 분단된 한국 사회의 현실을 제대로 설명하지 못한다는 인식을 갖게 된다. 가부장적 가족에서 여성들의 한(恨), 동족상쟁, 분단으로 인한 이산가족의 아픔과 빨갱이 가족이라는 낙인 등의 사회문제를 어떻게 설명할 것인가? 이에 대한 선생님의 고민은 '분단된 사회에 대한 인식 없이 한국 사회를 제대로 이해할 수 없다'는 '분단시대의 사회학'으로 이어진다. 선생님은 분단된 사회에서 가부장적 가족 문제와 여성 문제를 연구하시며 그 실천 과제로 민족 분단의 극복, 평화통일, 평등한 사회를 만드는 일을 평생의 과제로 삼았고 평등·평화의 공동체 건설을 꿈꾸셨다. 분단시대의 사회학의 주창은 사회과학자들에게 '분단'에 대한 학문적 관심과 통일운동의 관심을 환기시키는 계기가 되었다.

또한 1975년 멕시코 세계여성대회에 한국 대표단의 일원으로 참여하시며 선생님은 제3세계 여성운동에 대한 관심과 여성학 개설의 필요성을 갖게 되었다. 이런 문제의식으로 선생님은 『여성해방의 이론과 현실』(1979)을 저술하고 대학에서 여성학 개설을 서두르게 되었다. 이외에도 여성학과 관련된 수많은 책을 번역하고 저술하는 등 여성운동에 대한 연구를 통해 한국적 여성해방론을 모색하셨다. 또한 여성학 강좌 개설을 주도하며 여러 여성학자와 여성운동가들을 길러내는 데 기여하셨다.

1980년대에 선생님은 12·12쿠데타로 정권을 잡은 전두환 군부에 대한 저항으로 한국의 민주화를 위한 지식인 선언 서명과 김대중 내란음모조작사건에 연루되어 이화여대에서 해직되어 4년간 해직 교수 생활을 하셨다. 선생님이 해직되자 이화여대 사회학과 동창회가 주도해 '여성한국사회연구회'를 만들어 제자들과 함께 다른 분야에 대해 공부하고 연구하는 생활을 하셨다. 이 연구회는 현재 한국가족문화원과 젠더교육플랫폼효재로 발전적으로 분화되어 제자들과 여성학을 공부하고 여성운동을 하는 후학들이 젠더 교육과 함께 여성·가족 연구를 지속적으로 이어오고 있다. 또한 해직 교수 시절에는 '해직교수협의회'를 구성해 적극적으로 활동하셨다. 1985년 대학에 복직된 후 '민주화를 위한 전국교수협의회(민교협)' 창립을 주도했으며, 분단과 민주화 등 여러 사회문제를 여성 문제와 연결시켜 실천하는 여성운동가로서 사회적 역할을 맡으셨다. 1980년대 말에서 1990년대에 걸쳐 선생님은 여성 대중과 함께하는 여성운동 단체인 '한국여성민우회' 회장과 '한국여성단체연합' 공동대표, 한국여성민우회의 '함께가는 생활소비자 협동조합' 이사장, '한국정신대문제대책협의회(정대협)' 공동대표를 맡아 진보적 여성 운동의 조직화와 확산 그리고 호주제 폐지 운동 등에 이론적·실천적 지도자로 활동하셨다.

그리고 1990년대 초 선생님은 풀뿌리 여성들의 리더십을 양성하기 위해 김주숙 선생을 비롯한 여러 제자들과 함께 '한국여성사회교육원'을 세워 여성운동의 지역화와 대중화를 위한 교육 운동을 일찍이 시작하셨다. 한국여성사회교육원은 1992년 창립 후 1997년 서울시 사단법인으로 등록할 때 '여성사회교육원'으로 명칭이 바뀌었다. 이와 함께 일본군 '위안부' 문제를 제기하는 정대협을 윤정옥 선생님과 37개 여성단체들과 함께 조직해 일본군 성노예 문제를 국내적·국제적으로 확산시키는 데 혼신의 힘을 다하셨다. 또한 선생님은 한평생 분단 한반도의 통일과 평화 문제를 가장 중요한 과제로 삼아 고(故) 이우정 선생님과 함께 "아시아의 평화와 여성의 역할"이라는 주제로 남과 북, 일본 3국의 여성 연합 운동을 실천하셨다. 남북 관계가 경직되었던 1990년대 초반 분단 한국의 문제를 해결하기 위한 여성·평화·통일 운동의 개척자를 자임하며 남측 여성 대표로 판문점을 통해 평양과 서울을 오가며 여성·평화·통일 운동을 주도하셨다.

1990년 이화여대에서 정년 퇴임하신 후 70세를 넘긴 나이에 선생님은 고향인 경남 진해로 내려와 돌아가시기 전까지 지역에 기반을 두고, 어린이와 지역 여성들을 대상으로 풀뿌리 여성의 조직화와 미래 세대

이화여대 정년 퇴임식에서(1990년)

의 새로운 리더십 형성에 기여하셨다. 지역 여성들과 함께 여성학 공부 모임을 진행하고 지역 어린이들을 위해 '진해기적의도서관'을 유치해 지역이 주도하는 도서관 운동에 불을 지피셨다. 진해 평화통일자문위 원을 지내고 북한 어린이를 돕는 등 다양하게 활동하셨다. 선생님의 마 지막 소원은 '평화통일'로, 돌아가시기 전까지 항상 '남북이 화해해 평 화통일을 이루자'고 기도하셨다. 한마디로 선생님은 여성운동, 평화통 일운동, 지역운동에서 개척자와 선구자로 시대정신에 충실한 삶을 사 셨다고 하겠다.

1999년 선생님은 한국여성기금추진위원회 공동위원장, 2001년 한 국여성단체연합 후원회 공동회장을 맡으셨다. 이런 공로를 인정받아 선생님은 많은 상을 받으셨다. 『분단시대의 사회학』(1985)으로 제26회

유관순상을 받고 제자들과 함께(2005년 3월 31일)

한국출판문화상(1986)과 제5회 심산상(1990)을 받으셨다. 일본군 '위안부' 문제 해결을 위한 공로를 인정받아 1993년 한국여성단체협의회가 시상한 올해의여성상을 수상했고, 1994년에는 한국기독교교회협의회 (The National Council of Churches in Korea, KNCC)가 주관한 인권상을 정대협 공동대표인 윤정옥 선생님과 공동 수상하셨다. 1995년에는 프랑스 여성 잡지 ≪마리클레르(Marie Claire)≫에서 세계를 발전시킨 100명의 여성에 선정되셨다. 그밖에 2001년 비추미여성대상 해리상, 2002년 평화공로상, 2005년 유관순상과 허황옥평등상, 2012년 제10회 한국여성 지도자상 대상을 받으셨고, 선생님 사후에는 국가모란장을 추서받으셨다. 이 밖에도 생전에 선생님께서 받으신 상이 더 있지만 대표적인 상만 적었다.

　선생님의 대표 저서로는 『가족과 사회』(1968), 『도시인의 친족관계』

(1971), 『여성의 사회의식』(1978), 『여성과 사회』(1979), 『여성해방의 이론과 현실』, 『분단시대의 사회학』, 『한국의 여성운동: 어제와 오늘』 (1989), 『조선조 사회와 가족: 신분상승과 가부장제문화』(2003), 『아버지 이약신 목사』(2006) 등이 있다. 이 밖에도 100여 편의 글과 논문을 남기셨다.

여기까지는 책을 편집하며 선생님의 평생의 삶을 간략하게 정리해 본 것으로 선생님 생전에 인터뷰하신 내용의 극히 일부분이다. 선생님이 구술하신 내용을 문자로 정리하는 과정에서 구술 언어 중 지금의 젊은 세대가 이해하기 어려운 부분은 주석을 달았고 정확하지 않은 인명과 지명 등은 고증해서 수정했다. 즉, 구술된 내용을 정리하며 일부 수정이 있었다. 가령 본문에서 주기철 목사에 대한 부분은 주 목사의 고향이 웅천인데 인천으로 표기되어 있어 웅천으로 교정하는 등으로 오기된 인명이나 지명을 수정했다. 구술된 자료 내용에 대한 교정이나 인명, 지명, 그 밖에 불분명한 내용에 대한 교정 과정에 이옥경 선생, 이미경 선생, 최영희 선생이 많은 도움을 주신 데 감사드린다.

그리고 선생님과 평생을 함께한 이희경 씨가 있다. 선생님은 평소에 이희경 씨에게 늘 단명하신다고 말씀하셨다는데, 1924년에 나서서 2020년에 돌아가셨으니 아쉽게 백수(白壽)는 누리지 못하셨어도 장수하신 셈이다. 선생님이 일제강점기에 태어나셔서 군사정권 시기를 거쳐 문민정부에 이르기까지 90여 년 동안 큰 병 없이 여성운동가이자 여성학자이며 사회학자로 장수하시는 것에는 딸이며 친구이자 건강 관리자로서 이희경 씨의 내조가 있어 가능했다고 본다. 이 글을 빌어 제자들과 선생님을 사랑하는 모든 분을 대표해 "희경 씨, 고마워"라는 말을 전한다.

선생님은 미국에서 구조기능주의와 민주주의를 배우고 돌아와 근대화와 민주주의가 정착되면 가족 구조도 민주화되어 여성 문제가 해결될 수 있다고 보셨다. 하지만 귀국한 후 당면한 분단 현실과 가부장적인 현실에서 기존의 서구 이론은 설명력이 없음을 인지하셨다. 이에 대한 학문적·자성적 성찰이 『분단시대의 사회학』이다. 분단된 현실과 가부장적 현실에서 여성의 한을 극복하기 위해 평등하고 통일된 한국 사회를 만들고자 여성운동, 평화통일운동, 민주화운동을 하며 평생을 사회과학자로서 실천하는 지식인의 삶을 사셨다. 따라서 이 책이 1세대 여성운동가이자 민주화운동가로 사신 선생님의 삶을 여성운동을 하는 후배들이 지속적으로 계승하고 발전시키는 데, 그리고 여성 사회학자로서 선생님의 학문적인 고민과 분단 시대의 사회 인식, 나아가 성평등 사회를 향한 선생님의 연구를 후학들이 발전시키는 데 작은 도움이 되었으면 한다.

마지막으로 이 책을 출판하면서 선생님께 누가 되지 않도록 정리하고 편집하는 데 최선을 다한다고 했으나 그럼에도 선생님께 누가 될까 저어되는 마음이 앞선다. 무엇보다 민주화운동기념사업회가 기획한 선생님의 녹취 자료가 없었으면 이 책은 나오기 힘들었을 것이다. 녹취된 자료를 기꺼이 제공해 준 사업회에 감사드린다. 어려운 여건하에서 이 책의 출판을 기꺼이 맡아준 한울엠플러스(주) 김종수 사장님과 이 책이 출판되기까지 많은 도움을 주신 모든 분들에게 감사드린다.

2023년 9월
엮은이를 대표해서 강인순 씀

제1부

—

어린 시절 나의 정신적 유산

내 가족과 목사 아버지

나는 아버지 이약신 목사와 어머니 이옥경의 5녀 1남의 6남매[1] 중 둘째로 1924년 마산부 상남동 64번지에서 태어났다. 아버지는 평안북도 정주군 갈산면 익성동(용동으로 불렸음)에서 태어났는데, 조부모님은 아버지가 아홉 살 때 모두 돌아가셨다.[2] 우리 할아버지 집안은 지역에서 소농으로 그리 넉넉하지 못했다. 할아버지는 셋째 아들인 우리 아버지와 위로 아들 둘과 딸 둘을 두셨는데, 아버지 위로 두 아들은 미성년일 때 돌아가셨다. 선교사들이 선교하려고 그 지역에 들어왔을 때 할아버지가 기독교로 개종하셨다. 아버지 바로 위 고모 이름은 이애시인데 사랑 애(愛), 베풀 시(施), 즉 '사랑을 베푼다'는 뜻이다. 아버지 이름은 언약 약(約), 믿을 신(信)으로 이약신이다. 아버지와 고모의 이름 모두 기독교적인 이름이다. 그러니까 우리 집은 나까지 포함해 3대째 기독교 집안이 되는 셈이다. 할아버지와 할머니가 돌아가시고 아버지와 고모

---

1 이이효재 선생님의 형제자매는 언니인 이효주, 동생인 이효숙, 이상숙, 이은화, 남동생으로 이성웅이 있다. 지금은 상당수 돌아가시고 여자 동생들만 생존해 있다(엮은이 주).

2 아버지의 고향인 평북 정주군 갈산면 용동마을은 여주 이씨 집성촌이었다. 아버지는 1898년 4월 25일 소농 집안에서 할아버지 이병승과 할머니 박은승의 셋째 아들로 태어났다. 아들 셋이 어려서 사망하고 딸 둘하고 아버지만 살아남았는데, 큰누님은 출가하고 집안에는 아버지와 여덟 살 위인 고모만 있었다. 이효재, 『아버지 이약신 목사』(정우사, 2006), 30쪽.

만 남자 이승훈 선생이 아버지의 위탁 보호자가 되었다. 오산학교 설립
자이자 초대 교장인 이승훈[3] 선생은 여주 이씨 집안의 먼 친척 할아버
지였다. 아버지는 이승훈 선생의 보호를 받아 오산학교를 졸업하셨다.

일제강점기 신사참배를 반대하다 옥중에서 순교한 주기철 목사[4]는
아버지의 오산학교 동기로 두 분은 친형제처럼 지냈다. 주 목사의 고향
은 경남 웅천[5]으로 아버지는 중학교 졸업 후 주 목사와 함께 웅천으로
왔다. 아버지는 웅천에 있는 개통보통학교에서 학생들을 가르치던 중
1917년 마산이 고향인 어머니 친정의 중매로 결혼하셨다.[6] 그때 아버

---

3   남강 이승훈 선생은 평북 정주군에서 1864년 출생해 1930년 사망했으며, 3·1운동 민족 대
     표 33인 가운데 한 명이다. 물산장려운동과 민립대학 설립 운동 등에 참여하는 한편 이상
     촌 건설 운동을 벌였다. 다음 백과에서 '이승훈' 검색(https://100.daum.net/encyclopedia/
     view/b17a3823b).
4   주기철(朱基徹, 1897.11.25~1944.4.21)은 경남 창원군 웅천읍에서 태어났다. 주기철 목사
     의 원래 이름은 주기복(朱基福)이었다. 한상동 목사와 함께 일제강점기 신사참배 거부 운
     동의 대표 인물이며 독립운동가다. 위키백과에서 '주기철' 검색(https://ko.wikipedia.org/
     wiki/주기철).
5   웅천은 경남 창원시가 통합되기 전 진해에 있었던 지역이다. 웅천은 조선시대 왜군의 침략
     을 막기 위한 웅천토성이 있는 곳이다(엮은이 주).
6   아버지와 어머니는 1917년 3월 21일 마산교회에서 한석진 목사의 주례로 결혼식을 올렸다.
     어머니는 18세, 아버지는 19세였다. 이애시 고모는 세브란스의학전문학교(현 연세대학교)
     간호학과를 졸업하고 병원에서 수간호원으로 일을 하고 있어 참석하지 못했다. 아버지와
     어머니의 결혼은 서양식을 본뜬 교회식으로 마산에서 열린 첫 번째 신식 예식으로 알려져
     있다. 이효재, 같은 책, 54쪽.

지 나이가 19살이었다. 결혼 후 아버지는 개통보통학교를 그만두고 선교사들이 운영하던 마산의신여학교에서 학생들을 가르쳤다. 의신여학교에서는 1년간 계셨다. 외할아버지[7]는 일찍 개화하신 분으로 아버지를 일본으로 유학을 보냈다.

1920년대 사회 분위기는 조선의 젊은 청년들이 일본 제국주의 아래서 '어떻게 하면 경제를 살려 근대화를 이룩하느냐'라는 정신으로 물산장려운동[8]을 하던 시기였다. 이때 주기철 목사도 중학교를 졸업한 후 학생들을 가르치다가 그만두고 연희전문학교 상과에 입학했으나 가정형편이 좋지 않아 학교를 그만두고 평양신학교에서 신학 공부를 했다

---

7   외할아버지의 성함은 이상소이고 1860년 12월 29일 대구에서 성주 이씨 가문의 외아들로 태어났다. 증조외할아버지 이문한은 3형제 중 둘째로 분가해서 살았다. 이상소 외할아버지는 이재에 밝았고 가정교사를 두어 딸에게 천자문을 가르치게 했고 서예를 익히게 했고 의신학교를 다니면서 새 교육을 받게 했다고 한다. 또한 세례 교인이 된 후 문창교회 장로가 되었다. 세례는 마산포교회에서 받았는데, 노산 이은상의 부친인 이승규와 손덕우가 먼저 입교하고 세례를 받은 후 외할아버지가 세례를 받았다. 이 세 분은 창신학교와 교회 발전에 물심양면으로 기여했다. 3·1운동과 관련해 이상소 외할아버지의 공적 사항을 보면, 1919년 3월 1일 이갑성으로부터 손병희 등의 명의로 된 독립선언서 수십 매를 교부받고 이를 벽장 속에 숨겨놓았다가 3월 2일 이형재를 통해 김용화에게 전달하고 3월 3일 이태왕(고종) 국장 요배식에서 독립사상을 고취시키는 연설을 하는 등의 활동을 하다가 8개월 옥고를 치른 후 집행유예 3년으로 풀려났다고 한다. 이효재, 같은 책, 46~59쪽.

8   물산장려운동은 1920년대 일제의 경제적 수탈에 맞서 전개되었던 범국민적 민족경제 자립 실천 운동이다. 평양과 경성을 중심으로 고당 조만식, 인촌 김성수 등이 주도했다. 위키백과에서 '물산장려운동' 검색(https://ko.wikipedia.org/wiki/물산장려운동).

고 한다. 아버지는 일본 도쿄의 주오대학 상과에 입학해 2년가량 공부했다. 당시 일본 대학에서는 미국 사람들을 초청해 영어를 많이 가르쳤는데 그때 아버지도 영어를 배웠다고 한다.

일본으로 유학을 떠날 때 아버지 나이는 20살이었다. 일본 유학 시절 학교 선배들이 "너는 지주 집안으로 부잣집 사위니깐, 독립운동 자금을 모아 오라"라고 해서 아버지가 잠시 귀국했다. 귀국 후 아버지가 장인인 외할아버지에게 사정을 이야기하니, 외할아버지는 "너는 너희 집안의 3대 독자다. 네가 그런 일에 들어갔다가는 목숨을 부지하지 못한다"라면서 자금을 모금하는 일에 반대하셨다고 한다. 그런 일이 계기가 되어서 그런지, 상과에 별로 취미가 없었던지 아버지는 다시 일본으로 돌아가지 않아 주오대학을 졸업하지 못했다.

그 후 아버지는 마산에서 생활하셨다. 당시 마산의 선교사들은 학교를 세우고 조선인들에게서 조선말을 배우기도 했다. 영어를 할 줄 아는 아버지가 선교사들에게 한글을 가르쳤다.[9] 아버지는 노래를 좋아해 교회 찬양대에서 활동했는데, 영어도 배우고 한글도 가르치면서 몇 해를 마산에서 지내셨다.

─────

9   아버지는 문창교회 성가대에 참여하며 교회를 돕는 한편으로 선교사 추마전(秋瑪田, Martin Trudinger)의 조선어 선생을 했다고 한다. 이것은 추마전 딸과의 대화에서 확인한 내용이다. 추마전이라는 이름은 아버지가 지어준 것으로 추정된다. 이효재, 같은 책, 63쪽.

3·1운동 이후 기독교에 대한 관심으로 많은 사람이 교회로 몰려들었다. 전국적으로 기독교 부흥 운동이 일면서 부흥목사인 김익두[10] 목사가 부흥 운동을 크게 했다. 당시 김익두 목사가 부흥회를 하려고 마산에도 왔던 모양이다. 이런 상황에서 아버지가 기독교 신앙을 갖게 되었다. 주기철 목사가 1년 먼저 평양신학교로 갔고 아버지도 주 목사를 따라 신학을 공부하기로 마음을 정하고 평양신학교에 가셨다. 아버지가 평양신학교로 가시고 내가 태어났다. 그때가 1924년이다. 아버지는 신학 공부를 위해 떠나고 어머니는 친정 옆에서 살림을 하셨다.

목사 사모인 어머니

아버지가 평양신학교를 졸업하고 처음으로 목회를 하신 곳이 경남 진주다. 아버지가 진주에서 한 2년 목회를 하는 동안 나는 그곳에서 유치원을 다녔다. 그때 주기철 목사는 부산 초량교회에서 목회를 하다가

---

10 김익두(金益斗, 1874.11.3~1950.10.14, 조선 황해도 안악군 출생)는 일제강점기와 광복 이후 조선민주주의인민공화국에서 활동한 초기 한국 개신교 목사 가운데 한 명으로 한국 교회의 부흥회를 대표하는 인물이다. 광복 이후에도 조선민주주의인민공화국에 남아 김일성 정권에 협력을 가장하면서 반공 연대를 조직하는 등 비밀리에 우익 인사들을 지원하다가 한국전쟁 중인 1950년 10월 14일 인민군의 총에 맞아 77세의 나이로 순교했다. 위키백과에서 '김익두' 검색(https://ko.wikipedia.org/wiki/김익두).

마산교회로 옮겼다. 주 목사가 초량교회에 아버지를 소개했는지 하여튼 그 교회에서 아버지를 초청해 우리는 부산 초량으로 이사 해 살았다. 초량에는 호주 선교사들이 운영하는 미션스쿨인 일신여학교가 있었고 나는 초량에서 보통학교를 다녔다.

어머니는 원래부터 집안에 들어앉아 주부 노릇만 하는 것에 별로 관심이 없었고 재미도 없어하셨다. 부산 초량교회 시절 어머니는 목사 부인으로서 교회에 찾아오는 부인들을 돌보며 부인 전도회 일을 하는 것을 좋아하셨다. 그때만 해도 소박당한 여자들, 자기도 모르게 소실(小室, 첩)로 들어갔다가 뛰쳐나온 여자들, 과부가 된 여자들, 학대받은 여자들이 교회로 찾아오고, 예수를 믿게 되니까 목사 부인으로서 우리 집에서 그런 여자들을 돌보셨다. 우리 집에는 그런 아주머니가 항상 두세 분은 있었다. 이런 아주머니들이 교회에 오면 어머니는 집에서 같이 일하며 머무르게 하다가 선교사들이 운영하는 성경 학교 같은 곳에 소개했다. 이 아주머니들은 『성경』을 공부해 부인 전도사가 되는 경우가 많았다.

어릴 때 유치원이나 학교에 갔다가 귀가하면 어머니가 집에 있기를 바랐는데, 어머니는 늘 집에 없어 지금까지도 이상할 만큼 기분이 참 허전했다. 우리 어머니는 교육자이기는 했지만 자모(慈母)는 아니었다고 생각한다. 어머니는 우리 형제를 언제나 교육적으로 엄격하게 가르쳐서 우리 형제들은 '엄마'라고 하며 엄마 무릎에 매달리고 어리광을 부리

아버지 이약신 목사의 평양신학교 졸업 사진(1929년)

고 했던 그런 기억이 없다. 어머니는 어려서부터 상당히 독립적으로 우리를 기른 편이었다. 요즘 말로 하면 어머니는 사회사업에 관심이 많았다. 일제강점기에 나라를 걱정하는 분위기에서 나는 어린 시절을 그렇게 보냈다. 우리 동생들도 맨날 아버지 때문에 형사들이 찾아오고 하니까 그냥 천진난만하게 명랑하게 살았던 기억은 없다고 했다.

나의 고모와 이범석 장군

나에겐 결혼하지 않고 세브란스병원에서 간호사로 일했던 고모 한 분이 있었다. 3·1운동이 일어나니까 고모도 삐라(bira, 전단)를 뿌리고 학생들의 3·1운동에 가담했다. 일제가 3·1운동에 가담했던 학생들을 모두 잡아들이니까 이들은 만주로 피신했는데, 고모도 이들과 함께 압록강을 건너 만주로 피신했다고 한다. 그때 고모는 20대 젊은이였지만, 머리에 수건을 쓰고 재봉틀 하나를 들어 꼭 살림을 하는 평안도 할머니 복장으로 꾸미고 압록강을 건넜다고 한다. 일제가 독립군을 감시하고 구속하니까 그런 식으로 위장해서 압록강을 많이 건너갔다고 한다. 고모는 신흥무관학교에 속해 있는 보건소[11]에서 간호사로 일했다. 3·1운동 후 독립운동가들은 만주에 신흥무관학교를 세워 독립군을 양성하고 있었다.

고모가 돌아가신 후에 알게 되었는데, 이범석 장군이 동아방송에서 자기 일대기에 대해 이야기하면서 고모에 대한 이야기를 했다고 한다. 이 장군과 우리 고모의 일화는 이범석 장군 전기에 기록되어 있다. 이 장군이 12살인가 13살 때 경성고등보통학교(현 경기고등학교의 전신)를 다니다가 중국 상해로 갔는데, 그때 젊은이들은 모두 독립군이 된다고 중국으로 망명을 갔다고 한다. 19~20살 때 이 장군은 신흥무관학교를 만든다고 중국 상해에서 만주로 갔다. 이 장군이 신흥무관학교에서 학생들을 가르치려고 하니 무기가 필요했다. 그 시절 레닌(V. Lenin)이 피압박 민족운동을 돕는다[12]고 해 누군가가 러시아에 가서 독립운동 자금

---

11 이이효재 선생님의 고모는 세브란스의전 간호학과를 나와 3·1운동 후 만주 신흥무관학교로 가셨는데, 윤정옥 선생님의 둘째 삼촌도 세브란스의전을 나와 신흥무관학교 보건소에서 일하셨던 모양이다. 이것은 다큐로 만들어져 방송되었다(엮은이 주).

12 레닌과 러시아 혁명정부가 코민테른 창립대회에서 채택된 구호 '만국의 노동자와 피억압

양옆에 서 계신 두 분은 나의 부모님이며,
가운데 앉아 계신 분은 고모님이다.

을 얻어 오기로 했다고 한다. 그 돈으로 무기를 사려고 했는데 그때 독립운동 내 파벌들이 있어 그랬는지, 자금을 얻는 일이 무산되어 무기도 살 수 없게 되었다고 한다. 이에 이 장군은 낙망해 약을 먹고 자살 기도를 했다고 한다. 이때 의식이 회복되는 단계에서 옆에서 "이 청년을 살려달라"라며 간절하게 기도하는 소리를 들었다고 하는데, 기도하던 분이 바로 이애시 고모였다는 것이다.

나는 우리 고모한테서 이범석 장군과 관련된 이야기를 듣지 못했는데, 고모가 돌아가시고 난 다음에 이 장군이 이런 얘기를 동아방송 라디

민족은 단결하라'는 정신을 실천에 옮긴 것이다. 박기섭, "조선을 사랑한 레닌", ≪거제타임라인≫, 2020년 1월 22일 자(http://www.gjtline.kr/news/articleView.html?idxno=18060). 조선의 독립운동가들은 1920년 레닌의 볼셰비키 정부로부터 200만 루블을 지원받았다. 코민테른은 400만 루블을 보냈다(https://blog.daum.net/ehfhdkalxkqnf/2410 참고).

오에서 했다고 한다. 이 방송을 김한림[13] 선생이 듣고 나한테 전해주어서 알게 되었다. 신흥무관학교 보건소에서 일하면서 우리 고모는 많은 사람을 살렸다고 한다. 고모는 독립 후에 진해로 귀환해 사시다가 돌아가셨는데 너무 오래되어 기억이 정확하지 않다. 고모는 동생인 아버지가 돌아가시고 난 후 병을 얻어 70세의 나이로 1960년 11월 돌아가셨다. 고모가 돌아가신 후 내가 1970년대인가 이범석 장군을 만나 이애시 고모의 조카라고 인사드린 적이 있다.

우리 고모는 결혼도 안 하시고 신흥무관학교에서 일하다가 해방 후 귀국하셨다. 그때 감리교 선교사들은 국내 각 지역에서 지금으로 말하면 보건소, 영아원, 모자보건의료원 같은 것을 운영했다. 서울에는 태화관에 모자보건소가 있었는데 고모는 귀국 후 그곳에서 일하셨다. 고모가 공주 영아원에서 일하는 사진이 있으니 공주에서도 일하셨던 것 같고, 부산으로 내려오셔서 부산진 영아원에서도 일하셨다. 일제강점기 우리 고모는 어머니 젖에 영양이 없다고 해서 두유를 만들어 먹이기

---

13 김한림 선생은 1946년 시인이자 수필가인 김소운(1981년 작고함) 선생과 결혼해 2녀 1남을 두었다. 김한림은 일제강점기부터 6·25전쟁을 거쳐 군사정권기까지 우리 역사의 어두운 시기를 살아왔다. 25년 가까운 교단생활에서 은퇴한 그가 환갑의 나이에 민주화 투쟁의 현장에 뛰어드는 계기가 되었던 둘째 딸 김윤은 '민청학련의 홍일점'이었다. 김경애, "김한림 선생 3대의 수난사", ≪한겨레≫, 2011년 12월 14일 자(https://www.hani.co.kr/arti/politics/politics_general/509810.html).

도 하고 계란을 요리해서 아픈 사람에게 먹이기도 했다. 선교사들에게 영향을 받아 양이나 산양을 키워 젖을 짜서 먹이기도 했다.

우리 집에서 고모는 늘 "이 민족이 그야말로 예수를 몰라 이렇게 나라를 모두 빼앗겼다. 예수를 믿고 우리가 기독교인이 됨으로써 독립을 되찾을 수 있다"라고 기도하셨다. 고모의 신앙은 애국·애족의 신앙이었다. 내가 어릴 적 가정 예배를 볼 때마다 이렇게 간절하게 기도하는 소리를 듣고 자랐다. 나는 우리 고모의 애국·애족 신앙의 영향을 많이 받았다고 생각한다.

아버지의 신사참배 반대

1937년부터 일제는 선교학교도 그렇고 기독교인들한테 신사참배를 강요하기 시작했다. 경남은 호주의 선교 지역으로 아버지가 영어를 잘하셔서 호주 선교사들과 가까이 지내셨다. 아버지는 부산 초량교회에서 목회를 하시면서 청년들에게 환영을 많이 받고 인기가 있어 젊은이들이 교회에 많이 나왔던 것으로 기억한다. 당시 아버지는 영남 지역에서 젊은 목사로 영향력 있는 교계 지도자였다.

호주가 독립하기 전에 영국 장로교와 스코틀랜드 장로교는 호주를 선교 지역으로 정하고 장로교를 세웠다. 나중에 호주 장로교가 조선을 선교 지역으로 정하고 활동했다. 1937년은 호주 장로교 선교 100주년

이 되는 해였다. 호주에서 장로교 선교 100주년을 기념하는 행사가 있었는데, 호주 장로교가 아버지를 경남 지역 조선 교회의 대표로 초청했다. 그래서 아버지는 1937년에 호주로 가 선교 100주년 기념식에 참석하고 몇 개월 동안 호주에 머물며 각 지역 교회를 순회하셨다. 호주에서 지역 순회를 하시면서 선교 지역의 교회 사정과 발전상에 대해 이야기하고 여러 도움이 필요하다는 강연을 하시고 1938년에 조선으로 돌아오셨다.

1938년 평양에서 조선장로교 총회가 신사참배를 받아들이기로 결정했다. 그러나 경남에서는 장로교 총회의 결정을 거부하고 신사참배에 반대하는 결의를 했다. 그때 경남에서는 주기철 목사, 한상동 목사 등과 여자 전도사들이 신사참배 반대 운동을 활발하게 했다. 이런 상황에서 아버지는 호주에서 돌아오자마자 경상남도 경찰의 조사를 받았다. 일제가 서양을 적대시하는 분위기에서 아버지가 호주에 다녀오고 신사참배를 반대하시니 경찰에서 아버지를 심하게 고문했다고 한다. 아버지는 고문이 너무 괴로워 타협하시고 경찰서에서 풀려나오셨지만, 신사참배는 도저히 못 하겠다는 생각에 부산 초량교회에 사표를 내셨다. 교회를 그만두시고 아버지는 1년 정도 아무것도 하지 않고 그냥 지내셨는데, 마침 평양에 있는 신광교회의 초청을 받았다. 우리도 아버지와 함께 평양으로 이사했지만, 나는 부산 동래 초량의 일신여학교에서 함경남도 원산에 있는 원산루씨여학교[14]로 전학을 갔다. 당시 아버지의 오

아버지 이약신 목사와 어머니 이옥경 여사

산학교 동기인 친구가 원산루씨여학교 교무주임이었다. 그런 연줄이
있기도 하고 내 사촌 언니와 사촌 형부가 그곳 병원에서 근무하셔서 나
는 기숙사가 있는 원산루씨여학교로 전학했다.

---

14 원산루씨여학교(元山樓氏女學校)는 대한제국 시기인 1903년 함경남도 원산에 설립된 감
    리교 계열의 근대 여성 교육기관이다. 상대적으로 척박한 함남 지역의 근대 교육에 많은 영
    향을 끼친 학교다. 『상록수』(1935)의 실제 주인공인 최용신이 이 학교 졸업생인 것으로도
    잘 알려져 있다. 학교명의 '루씨'는 학교 건축비를 기부한 미국인 선교사이자 노스캐롤라이
    나교회 여선교회 회장 루시 커닝김(Lucy Armfield Cuninggim, 1838~1908)에서 따온 것이
    다. 위키백과에서 '원산루씨고등여학교' 검색(https://ko.wikipedia.org/wiki/원산루씨고
    등여학교).

제2부
—
나의 학창 시절

루씨여학교에서 애국시(詩) 사건

함경남도 원산에는 캐나다 선교부가 세운 원산루씨여학교가 있었다. 평양과 황해도는 미국 북장로교의 선교 지역이었고, 전라도 쪽은 미국 남장로교의 선교 지역이었다. 감리교는 전국적으로 교육 운동을 많이 했다. 당시 선교사들이 운영하던 학교들이 문을 닫게 되자 몇 해 전에 캐나다 선교부가 세운 원산루씨여학교도 선교사들이 철수 후 문을 닫았다가 그 지역 조선인 유지들이 학교를 맡아 운영하고 있었다.

원산루씨여학교와 윤정옥 선생과는 간접적인 인연이 있다. 연희전문학교를 졸업한 안시영이라는 분이 영어 교사로 그 학교에 있었는데 윤정옥 선생의 외삼촌이었다. 그때 일제는 영어나 조선어를 가르치지 못하게 했다. 나는 기숙사에서 생활했는데, 일본 사람들은 명절 때가 되면 신궁과 신사로 끌고 가 절하게 했다. 나는 꾀병을 부려 맨날 아프다고 하고 명절만 되면 기숙사에 드러누워 신사참배를 가지 않았다. 그때가 아마 천황[1]이 태어났고, 천황의 생일이었던 것 같다. 나는 꾀병을 부려 기숙사에 머물면서 애국 소녀로서 우리 민족의 슬픈 처지에 대해 시

---

1 당시 일본 천황은 제124대 쇼와 천황(昭和天皇, 1901.4.29~1989.1.7) 천황이다. 본명은 히로히토(迪宮裕仁)다. 위키백과에서 '일본의천황' 검색(https://ko.wikipedia.org/wiki/일본의천황).

를 썼다. 나와 같은 반에 있는 바로 아랫방 후배에게 시를 보여주었는데, 후배는 그 시가 좋다면서 적어 갔고, 자기 일기장에다 넣어두었던 모양이다. 나는 경남에서 전학을 갔기 때문에 친구도 많이 없었고 학교 사정도 몰랐다. 주로 내 기숙사 방 동무나 기숙사의 학생들하고 친하게 지냈다. 나중에 알았는데 조선말과 역사를 가르치는 안시영 선생을 중심으로 하는 지하 서클이 있었던 것 같다. 나는 모르고 있었다.

대동아전쟁[2]이 나던 해(1941년)였다. 원산에는 3학년으로 전학을 가서 그때 나는 4학년 졸업반이었다(그때 여자고등학교는 4년제였다). 당시 일본 유학생들 사이에서도 사회주의 등 이념적으로 관련된 사건이 많았다. 안시영 선생이 주관했던 지하 서클에서 역사 공부를 했다는 게 드러났던 모양이다. 서클에서 공부하는 여학생들이 30명 정도 된다고 했다. 아랫반 후배였던 여동생과 그의 오빠도 함경도 함흥재판소로 끌려갔다고 했다. 그 사건에 연루된 졸업생이 강원도 통천에 살았는데, 그의 오빠가 일본 유학생이었다. 그 학생이 연루되어 가택수색을 받던 중

---

2 일본제국과 미국, 영국, 네덜란드, 소련, 중화민국 등 연합국 간에 발생한 태평양전쟁에 대한 일본 정부의 호칭이다. 이 호칭은 1941년 12월 12일 도조(東條英機) 내각이 지나사변(중일전쟁)을 포함해 대동아전쟁이라고 각의 결정했다. 패전 후에 연합군 최고사령부(General Headquarters, GHQ)에 의해 전시 용어로 사용이 금지되었으며, 태평양전쟁 등으로 단어가 바뀌어 사용되었다. 위키백과에서 '대동아전쟁' 검색(https://ko.wikipedia.org/wiki/대동아전쟁).

일기장이니 하는 것들을 빼앗겼다.

　그러고 나서 1년 좀 지났을 때 형사들이 학교에 들이닥쳐 안시영 선생하고 재학생 10명인가 20명인가를 끌고 갔고 이들은 모두 구속되었다. 얼마 지나 교장실에서 나를 불러 갔더니 형사 두 사람이 와 있었다. 일본 사람하고 조선인 형사 두 사람이 나를 만나자고 했다. "무슨 일인가" 했더니 나에게 "어떻게 애국 사상을 갖게 되었나"라고 물었다. 내가 쓴 그 시를 반 후배가 가지고 있다가 끌려가면서 전부 압수당한 것이었다. 그래서 나도 지하 서클에 연루되었던 것이었다. 시를 쓰게 된 동기와 사상에 대해 몇 시간 동안 문초당했다. '어느 선생의 영향인지, 부모의 영향인지, 친구의 영향인지'를 물었다. 그런데 나에게 지혜가 있었던 것 같다. "난 어려서 기독교 집안에서 자랐다. 그러니 『성경』에 있는 히브리 역사를 통해 민족해방이나 애국 사상을 갖게 되었다"라고 『성경』과 관련시켜 대답했다. 이 사건으로 나는 4학년 졸업반이었는데 한 달 정학을 맞았고 반에서 1등을 했음에도 불구하고 졸업 때 도지사상을 받지 못했다. 나는 다음 해인 1942년에 학교를 무사히 졸업했다.

　안시영 선생이 윤정옥 선생의 외삼촌인 만큼 윤 선생을 보면 안 선생의 성격을 알겠는데, 그때 안 선생은 경찰에 끌려가 고문을 되게 당했다고 했다. 안 선생은 몇 년 동안 지하 서클을 한지 몰라도 끌려가서 일체 말을 안 하고 저항을 한 모양인데, 그래서 그런지 일본 경찰들이 그를 '악마'라고 불렀다고 했다. 안 선생은 철저하게 저항하며 아무 말도 않고 타협도 않고 견뎌냈다고 했다. 안 선생은 끝까지 버텼고 학생들은 몇 개월 고생한 후 풀려나 나와 같이 졸업했다. 안 선생은 형을 길게 받아 복역하다가 해방이 되자 석방되었다. 나중에 윤정옥 선생한테 안 선생에 대해 물으니, 외삼촌은 해방 후에 처가인 강원도 철원으로 가서 살았던 것 같다고 했다. 전쟁 후 외삼촌에 대한 소식은 전혀 듣지 못했다고 했다.

안시영 선생의 형제는 9남매였고, 그중 남자 형제가 예닐곱 명이었다. 윤 선생의 제일 큰 외삼촌은 안기영[3] 선생으로 작곡가였다. 옛날 이화여자전문학교에서 음악 교사를 하다가 제자와 연애해서 평양으로 갔는데, 한국 최초의 테너이자 월북 작곡가로 유명하다. 「이화 교가」가 아마 안기영 선생이 작곡했다고 들었는데, 월북 작곡가라 그런지 쉬쉬해 「이화 교가」의 작곡자로 드러나지 않는 것 같다. 안기영 선생의 아들과 딸들이 이북에서 유명한 피아니스트로 활약하고 있다고 했다. 윤정옥 선생의 외삼촌 중에는 의사도 있고 목사도 있다고 했는데, 윤정옥 선생

---

3 안기영 선생은 현재 북한에서도 불리고 있는 「그리운 강남」(1928), 그리고 「이화 교가」, 한국 최초의 창작 오페라인 「견우직녀」(1937) 등을 작곡했다. 윤석중 선생은 "나는 '어린이 해방가' 삼아 어린이날 노래를 지었고, 곡은 안기영에게 부탁했다"라며 "지금의 곡은 1930년 정인보 작사, 안기영·메리영 작곡인데, 안기영이 월북해 만주에서 귀국한 윤극영이 1948년 봄에 새로 지은 것"이라고 술회했다. 배영대, "어린이날 노래 처음 작곡한 안기영 악보 발견", ≪중앙일보≫, 2003년 5월 2일 자(https://www.joongang.co.kr/article/163388#home).

외가인 안씨들은 독립운동을 할 만큼 애국심이 강했다. 후일 윤정옥 선생과 일본군 '위안부' 문제 대책을 위한 운동을 같이하면서 나는 이게 보통 인연이 아니라고 생각했다.

언니의 결혼과 가족들의 만주 피신

아버지는 평양 신광교회에서 목회를 했는데, 신광교회에서도 신사참배로 문제가 되자 교회를 그만두셨다. 평양 신광교회에 가미다나(神棚)[4]를 들여놓고 그 가미다나에 참배하라고 했는데 아버지는 도저히 못 하겠다며 사표를 내신 것이다. 아버지에게 부산은 오래 살던 고향이니 부산으로 다시 내려오셨다. 그때 우리 언니가 결혼했다. 형부는 세브란스의전을 졸업하고 평양에서 언니와 결혼한 후 호주 선교사들이 운영하던 진주의 병원에서 근무했다. 호주 선교사들이 귀국하니까 그 병원도 문을 닫게 되고 형부는 부산으로 와서 개업 중이었다.

아버지가 평양에서 부산으로 내려와 있으니까 경상남도 경찰에서 아버지를 끌고 가서 고문했다. 고문을 당해 병을 얻자 병보석으로 가석방되었다. 의사인 형부가 병보석으로 아버지가 가석방되는 데 보증을

---

4   가미다나는 일본의 집이나 사무실 등에서 신을 모시는 장소다. 선반 위에 신물(神物)을 두는 곳으로, 집 안이나 사무실의 위쪽에 신을 모셨다(엮은이 주).

섰다. 아버지가 부산에 계속 있다가는 경찰에 끌려갈 판이라 고모와 어머니가 아버지에게 만주로 피난 가시라고 했다. 그때 만주에는 삼촌과 이모가 살고 있었다. 아버지가 만주로 피신한 해가 1942년으로 내가 여학교를 졸업하고 집에 와 있을 때였다.

아버지가 만주로 피신을 가자 우리는 어머니가 친정으로부터 분재(分財)받은 땅 30~40마지기에서 들어오는 추수로 살았다. 그리고 어머니가 부산 시장 근처에서 옷감 가게를 하셨다. 형부가 아버지 병보석의 보증을 섰으니 이제 형사들이 형부를 못살게 굴었다. 전화가 없을 때여서 형사들이 새벽부터 노상 집에 와 문을 두드리기도 하며 우리를 못살게 했다. 우리도 그냥 살 수가 없어 만주로 피신을 갔다. 그때가 1943년인가 한다. 고모는 나이가 많으니까 고모와 내 밑에 어린 여동생들만 두고 언니 가족들, 우리 어머니, 나, 세 살짜리 남동생을 데리고 중국 봉천(오늘날 심양)에 있는 어머니의 여동생 집으로 갔다. 부산에 어린 여동생들과 고모가 남아 있어 나는 봉천과 부산을 한 번씩 왔다 갔다 하며 연락했다. 1941~1942년, 그때는 일제가 여자를 공출할 때였다. 내가 한국 여자로서 키가 크고 코도 크니까, 양복 차림으로 기차를 타면 일본 유학생처럼 보였던 것 같다. 경부선, 경의선을 타고 평양을 지나 신의주를 거쳐 압록강 국경을 넘어 만주로 갈 때면 꼭 형사들이 와서 나를 조사하고 가방을 뒤지고는 했다.

봉천에 우리 이모가 살고 있었다. 외삼촌과 이모부는 모두 미국 유학생 출신이었는데, 이로 인해 외삼촌은 국내에서 직장을 못 얻었다. 연희전문학교에서 학생들을 가르치다가 학교가 문을 닫자 중국 천진, 상해, 하얼빈 등지에서 외국 상사를 했다. 마산에서 외할아버지가 지주로 재산이 있어 자식들을 일찍 유학 보냈던 것이다. 우리 외삼촌은 하얼빈에 살고 있었고 이모부는 봉천에 살고 있었다. 만주 봉천에는 아버지가 아는 분들도 있었다.

우리 가족이 만주로 피신해 있을 때 내 나이가 19살이었으니, 부모님이 내 결혼을 걱정했던 것 같다. 우리 이모도 만주에 있으니까 나를 결혼시키려고 했다. 이모가 아는 집안으로 김구 선생하고 가깝고 황해도에서 살다 만주로 망명 와 있던 집에 아들이 있었는데, 이모가 그를 소개해서 만났다. 이모 집에서 어머니가 그 남자와 나를 만나게 했는데, 데이트하며 마차를 탔던 기억이 난다. 그 남자가 무슨 일을 했는지 기억이 잘 나지 않지만, 독립운동을 하는 집안이었을지 모른다. 한두 번 만나니 약혼 이야기가 나왔다. 나는 공부를 하고 싶은데 시집을 가야 한다니 심각했다. 그때 기분이 '소가 푸줏간에 끌려가는 심정'이었다. 나는 그 남자 쪽에 결혼은 안 된다고 하고 혼자 기차를 타고 마산으로 내려왔다. 마침 부산에 살던 고모와 동생들은 우리 외가 친척이 살고 있는 마산으로 이사해 살고 있었다.

힘든 마산 생활과 이화여전 입학

1943년경에 마산에서의 생활은 어려웠다. 우리 어머니도 만주의 친척 집에 오래 있을 수 없어 아버지만 남겨두고 마산으로 내려오셨다. 그때가 1944년이라고 생각된다. 나는 부모님 말씀도 잘 듣고 공부도 잘했지만 일본으로 공부하러 갈 수도 없었고 국내에서 공부할 수도 없었다. 일제강점 말기라 살기가 참 어려워 동생들도 학교에 가지 못했다. 내 동생 효숙[5]은 고등학교도 못 갔고 일본식 타자기를 배워 어느 군수공장에 타자수로 다녔다. 소고기 깡통을 만드는 군수공장이었는데, 소고기 등을 갖고 오고 해서 좀 얻어먹었던 기억이 난다. 그리고 우리 집 이웃에 양조장이 있어 줄을 서면 술지게미[6]도 얻어먹었던 기억도 난다. 다행히 어머니가 소유하고 있는 토지에서 추수하는 게 있어 그걸 가지고 기본적인 생활은 할 수 있었지만, 일제 총독부에서 물자동원령으로 쌀 등 곡식을 강제적으로 공출해 식량이 많이 부족했던 때였다.

1945년 직전 우리 가족의 생활은 점점 더 어려워졌다. 워낙 수입이 없어 동생들은 학교도 가지 못했고 배급도 적어졌고 먹을 것도 귀했다. 마산에서 이모부가 개업 의사로 지역 유지다 보니 내 취직 자리를 마산

---

5   미국에서 치과의사를 하는 노광욱과 결혼해 미국에서 살고 있는 동생이다(엮은이 주).

6   예전에 집에서 밀주를 담가 마시던 때 막걸리를 거르고 남은 찌꺼기를 말한다(엮은이 주).

부윤[7]에게 부탁했던 것 같다. 그때는 일본 사람들이 마산부윤을 했는데 마산부청이니까 부윤이라고 불렀다. 이모부가 그 부윤을 잘 아는 것 같았다. 이모부가 나를 당시 마산부청의 말단 여사원으로 소개해 1년 정도 다녔던 것 같다. 오래 다니지는 않았던 것 같다.

우리 가족이 진해로 이사 가기 전 마산에서 살았던 마지막 3년에 대한 뚜렷한 기억은 없지만 그때 나는 집안 살림을 돕고 지냈다. 아버지가 1945년 6월에 만주에서 몰래 돌아오셔서 온 집안이 쉬쉬하며 불안 속에 살았다. 아버지가 다락방에 숨어 계시니 아버지 때문에 모두 늘 답답하게 불안에 떨며 지냈던 기억밖에 없다.

어쨌든 나는 공부를 좀 더 하고 싶었으나 일본 유학은 집안이 어려워 가기 힘들고 총독부가 통제하니 가고 싶지도 않았다. 당시 국내에서 여자가 갈 만한 학교는 이화여전밖에 없었다. 그렇게 어떤 결정도 내리지 못하고 있다가 해방이 되자 비로소 이화여전에 갔다. 그때는 총독부에서 이화여전을 없앴던 무렵이다.[8] 일제 말기에 전쟁으로 모두 동원

---

7 1899년 마산포가 개항하고 창원감리서를 개설했으며, 각국 영사관 부지와 외국 조계지를 확정했다. 1914년 마산부가 설치되었고 1949년 마산시로 개칭되었다. 2010년 통합 창원시로 통합되었다(창원시 홈페이지 참고). 마산부윤은 마산시장에 해당한다.

8 ① 1943년 8월 재단법인(이화학당)을 설립하고, ② 1943년 12월 전시교육 임시조치령에 의해 전문학교 교육이 정지되고, ③ 1944년 1월 전시교육 임시조치령에 의해 '이화여자전문학교 여자청년연성소 지도자양성과'로 개편되고, ④ 1945년 4월 '경성여자전문학교'로 개칭하고 3년제 후생과, 육아과와 1년제 보육전수과, 교육전수과를 설치했다. 이화여자대학

되고 하니까 이화여전을 경성여자전문학교로 바꾸었던 때였다.

기독교의 신은 서양 신이라고 하며 일제는 기독교를 억압했다. 기독교의 신을 부인하고 천황을 섬기라고 했다. 기독교가 빠르게 확산된 것은 일제가 침략해 올 무렵인데, 우리 민족이 종교적으로 의지할 데가 없어 그랬던 것 같다. 1930년대 기독교 관련 외국 자료나 선교사들의 자료를 보면, 세계 기독교 선교사에서 유래 없이 빠르게 확산된 곳이 우리나라라고 한다. 단시일 내 교세가 성장했고 당시 기독교 교인 일인당 교회에 바치는 헌금도 세계에서 한국 교회가 제일 높았다고 한다. 이 헌금 모두를 교회 짓는 데 씀으로써 기독교가 놀랍게 성장한 것이었다. 일본 사람들이 기독교를 압박해 들어온 것도 이런 이유였다고 생각한다.

그러다가 해방되고 이화여전이 1945년 9월에 개학하자마자 바로 입학하기 위해 서울로 올라갔다. 결혼하기도 싫어 그냥 답답하게 지내다가 상경했는데 마침 이모가 서울 가회동에 살고 있었다. 지금 미국 시애틀에 사는 사촌이 이화여전 의예과에 가겠다고 하니 내가 그 집에 함께 지내면서 사촌 동생하고 같이 학교를 다녔다. 첫 학기는 기숙사에 있었다. 1년 정도 기숙사에 있다가 사촌 동생이 의예과에 입학하자 미국으로 유학 가기 전 1년 남짓 가회동 이모 집에 있었다.

교 - 역사 - 전문학교 시대 참조(https://ewha.ac.kr/ewha/intro/history02-3.do).

아버지의 목회와 고아원 시작

아버지는 만주에 혼자 계시면서 매우 답답해하셨다. 앞서 말했지만 1945년 6월에 아버지가 답답함을 견디지 못하고 몰래 마산으로 내려오셨다. 그때 일제가 종교계 등 각계 지도급 인사들의 명단을 만들어 총살한다는 소문이 돌고 있었다. 우리는 벌벌 떨었다. 고모는 3대 독자인 남동생을 염려해 쉬쉬하면서 아버지를 다락에 숨어 지내게 했다. 아버지는 다락에 숨어 계시다가 해방 직전인 1945년 8월 10일에 다시 중국 만주로 가시다가 중간에 해방되자 돌아오셨다. 우리 형부는 중국 서주에서 4~5년간 병원을 하고 있다가 해방이 되자 상해를 통해 부산으로 돌아오셨다. 형부는 중국에 있을 때 한의학 쪽의 침을 배우기도 했다. 몇해 동안 우리 집안이 그렇게 고생을 했다.

해방이 되자 아버지는 마산 문창교회를 맡아 목회를 하시게 되었다. 미군정이 마산에도 들어서고 미군 중위이자 앨라배마 대학교 수학 교수로 있던 카우치(Couch)라는 분이 마산시 미군정 문화·종교 담당관으로 왔다. 아버지가 영어를 잘하니 그분의 통역도 하셨다. 아버지가 문화·종교 담당관인 카우치 교수와 잘 통하고 해서 그가 아버지에게 마산시장을 하라고 그랬는데, 아버지는 "나는 종교인"이라며 거절하셨다고 한다. 아버지는 마산시장을 거절하고 목회 활동을 하셨다. 나는 당시 서울에 올라가 있어 마산 사정은 잘 몰랐는데, 이 이야기는 나중에 동생들한테 들었다.

해방 직후 집 근처에 호열자(虎列刺, 콜레라)가 돌았다. 그리고 일본과 만주 등에서 돌아온 동포가 많았고 여기저기 고아들도 생겼다. 어머니는 이런 고아들을 모아 대여섯 명 정도의 아이들을 집에 데리고 있었다. 우리 집이 비좁아 미군의 도움을 받아 아이들을 돌보았다. 1946년 진해교회에서 아버지를 초빙하자 부모님은 진해에 있던 적산(敵産) 건물을 이용하려고 그곳으로 이사했다. 당시 진해에는 일본 해군이 철수하며 두고 간 적산 건물들이 있었다. 거기서 아버지는 교회 일을 보는 한편 고아원을 시작하셨다. 당시 구호 물품은 전부 미군에서 받아왔는데, 아버지는 진해의 미 해군을 통해 이런저런 물자와 식품을 원조받아 고아원을 운영하셨다.

미군정 시기 이화여전 재학 시절

이화여전 재학 시절에는 국립대학안[9]에 반대하는 학생운동이 심했

---

9 1946년 6월 19일에 미군정청은 경성대학과 경성의학전문학교, 경성치과의학전문학교, 경성법학전문학교, 경성고등공업학교, 경성고등상업학교, 수원고등농업학교 등을 통합하는 '국립대학안'을 발표했다. 이어 8월 23일에는 일부 학생들의 반대를 무시하고 '군정령'으로 국립서울대학교의 신설을 강행했다. 이에 좌경 교수와 학생의 주동하에 대상 학교의 학생회는 반대 투쟁을 결의하고 산발적인 반대 시위를 벌였다. 반대 이유는 국립대학안이 고등

다. 지금 생각하니 문과 학생들 중에 참 똑똑한 아이들이 많았다. 이들은 학교에도 잘 나오지 않았고, 수업을 들어도 정지용 선생님의 시 클래스(class)라든지, 불문학 클래스, 심리학 클래스를 들었는데 질문하는 것이 달랐다. 그리고 저희들끼리 '쌩하게' 몰려다녔다. 우리 집이 보수적 기독교 집안이라 나는 실존철학에 쏠리게 되었고, 학생운동이나 역사적인 마르크시즘에 대해서는 거리도 멀고 관심도 없었다.

그 시절에는 좌익과 우익 간 싸움도 치열했다. 이화여전에서 뚜렷한 학생운동은 없었지만 나는 문과 내 일부 학생들이 좌익 사상을 가졌고 그런 분위기를 풍겼던 것을 기억한다. 당시 나는 좌우익 싸움이나 정치 싸움을 아주 혐오해 그런 데 관심을 두지 않아 두세 개의 강의밖에 듣지 않았다. 한 클래스의 학생 수는 50~60명이었고, 반은 세 개였다. 문과는 A, B, C반이었다. 문과는 영문과, 국문과로 나누지 않고 처음에는 문과로 들어갔다. 그리고 교육과, 가정과, 음악과가 있었다. 영문과에 들어온 학생들은 모두 똑똑한 친구들이었다. 이숙례 선생(나중에 이화여대 제5대 교육대학원 원장을 지냄)은 우리보다 한 반 위였다. 우리보다 한 반 위에는 일제강점기에 전문대학을 다녔던 분도 있었고, 이화여전을 다

교육기관의 축소를 의미하고, 총장 및 행정 담당 인사를 미국인으로 삼아 대학 자치를 박탈했으며, 통합 조처가 각 학교의 고유성을 해친다는 것 등이었다. 『한국민족문화대백과사전』에서 '국대안반대운동' 검색(http://encykorea.aks.ac.kr/Contents/Item/E0006182).

녔던 분이나 나이가 좀 들어 과거에 대학 공부를 한 분들도 있었다. 그리고 상해에서 온 부류도 있었는데 10~20명가량의 소그룹이었다. 이 소그룹은 우리보다 선배였고 윗반이었다. 우리 모두는 나이가 많은 축에 속했다. 여학교를 졸업하고 3~4년 지나 입학했기 때문이다.

이화여전에 입학할 때 시험은 없었고 면접만 보았다. 여학교를 갓 나온 학생들과 여학교 졸업 후 3~4년을 지나 대학에 온 학생들과 나이 차이가 있어 세 개 반으로 나누었다. 우리 반에 내 친구인 서재숙 씨와 이자은 씨가 있었고 윤정옥 선생은 B반인가, C반인가였다. 이자은과 윤정옥 선생은 경기여자고등학교 동창이고 나와 친했다. 나중에 기자가 된 서재숙 씨하고도 친했다.

그때 이화여전에 김활란 선생이 있었다. 해방 전에 정신대를 독려했다는 김활란 선생의 친일 문제가 요사이 제기되었지만, 당시에는 김 선생의 친일 문제를 논할 겨를이 없었다. 우리 정부가 아니고 민족주의 자들이 '마르크스(K. Marx)는 좌익, 친일(親日)은 우익'이라며 규탄하고 그랬다. 미군정 시기로 행정 체계뿐만 아니라 모든 것의 질서가 안 잡혔던 때다. 전반적으로 어려운 상황에서 정치인들이 암살되는 사건이 터지고 여기저기에서 폭동이 일어나던 때라 학교 안에서 친일 문제가 제기될 상황은 아니었다. 백낙준 선생, 김활란 선생 등에게 친일 이력이 있었지만 학생들은 별로 문제 삼지 않았고 오히려 미군정에 저항하는 세력은 있었다. 친일을 처단해야 한다는 움직임은 1946~1947년이며,

내가 이화여전에 입학할 무렵은 좌익이나 민족진영인 임시정부가 국내에 제대로 들어오기 전이었다.

아무튼 정치적으로 어수선한 상황에서 대학 강의는 시작되었다. 그때 국사 클래스에서 배운 것은 하나도 기억나지 않았다. 그저 정지용 선생님한테 시를 배우거나 불문학 선생의 강의, 김은우 선생의 강의였던 일반 철학과 철학사, 철학 강의, 그리고 하버드 대학교에서 공부하신 고순덕 선생의 심리학 강의는 재미가 있어 기억이 난다. 또한 독일어 선생이 한 분 계셨는데, 지나고 나니 친구들끼리 이야기가 경성제국대학 의학부 선생이었던 것 같다고 했다. 키가 크고 아주 잘생기셨다. 우리가 그분을 과외로 만나 독일어를 배우고 그랬다. 그런데 그 선생님이 좌익이었던 것 같다. 그 후로 그 선생님은 월북한 것 같다. 그는 독일어를 가르치면서 좌익 사상도 함께 가르치려고 했던 것 같은데, 우리가 그런 면에 워낙 관심을 보이지 않아 그랬는지 노골적으로 표현하지 않았다.

카우치 교수의 미국 유학 초청

지금은 미국 워싱턴 D.C.에 사는 여동생 효숙이가 해방이 되자 마산여자고등학교에 들어갔는데 음악을 하고 싶어 했다. 딸 둘을 대학에 보내기란 어머니에게 힘이 드는 일이었다. 그래서 어머니는 주저하셨지만 동생과 나를 대학에 보내셨다. 우리가 대학에 갈 즈음 여름 홍수가

나 낙동강으로 기차가 다니지 못하자 서울로 가는 트럭을 잡아타고 전
라도 쪽으로 돌아서 서울에 갔다. 동생은 이화여전 피아노과에, 나는 문
과에 들어갔다. 나중에 알게 되었는데, 마산시청에 와 있던 카우치 교
수의 부인이 앨라배마 대학교 여학생처장의 비서로 사무 일을 보는 분
이었다. 카우치 부부는 자녀가 없었는데 우리 집에 딸이 많고, 아버지
의 목회 활동으로 생활이 어려운 것을 알자 "미국으로 돌아가면 당신 딸
들을 초대해 공부하는 것을 돕겠다"라고 했다고 한다. 그때 마산여고생
이었던 동생이 어릴 때라 아주 귀여웠다. 당시 손원일 장군의 부인인 홍
은혜[10] 여사가 마산여고를 졸업하고 결혼해 상해에서 살다가 귀국해 친
정인 마산에 와 있었다. 홍은혜 여사는 일제강점기에 이화여전 성악과
를 다녔고 졸업 후에 마산여고에서 음악 교사를 하고 있었다. 내 동생이
음악을 좋아하고 하고 싶어 하니까 홍 선생도 동생을 좋아했다. 내 동생
은 이화여전을 나온 홍 선생의 영향도 있어서 집안 형편이 안 되어도 음
악을 하고자 서울로 온 것이었다. 나는 당시 가회동에 있었고 동생은 하

---

10 경남 마산 출신인 홍은혜 여사는 22세 때인 1939년 3월 이화여전 음악과를 졸업하고 당시 30세
    였던 청년 손원일과 결혼했다. '해군의 어머니'라고 불린 홍 여사는 해군 군적(軍籍)에 이름
    을 올리지는 않았지만 해군 역사의 산 증인이다. 해군 최초의 군가인 「바다로 가자」는 홍
    여사가 1946년 작곡한 노래다. 이후에도 홍 여사는 「해군사관학교가」, 「해방행진곡」, 「대
    한의 아들」 등 숱한 군가를 만들었다. 차세현, "'해군의 어머니' 홍은혜 여사 작고", ≪중앙
    일보≫, 2017년 4월 19일 자(https://www.joongang.co.kr/article/21492036#home).

숙을 하면서 학교에 다녔다.

　나와 동생이 이화여전을 다닐 때, 김은우 선생이 실존철학을 가르쳤는데 키르케고르(S. Kierkegaard)나 야스퍼스(K. Jaspers)의 사상 등이었다. 우리는 친구인 이자은, 윤정옥 선생, 나 그리고 또 한 친구 이렇게 네 사람이 어울려 다니며 일본말로 된 헌책을 사 다 함께 읽으며 김은우 선생한테 열심히 배웠다. 김은우 선생의 집에 가서 실존철학 강의를 듣기도 했다. 그때 미군정 외무부에서 통지가 왔다. 미국에서 초청이 왔으니 출국 수속을 하라고 했다. 뜻밖이었다. 아버지는 우리가 공부하는 것을 돕겠다는 카우치 교수의 말을 그냥 지나가는 이야기로 듣고 진지하게 여기지 않았던 모양이다. 그러니까 우리는 모르고 있었다. 그때 내 동생은 유학을 가고 싶어 하지 않았고, 나도 그리 가고 싶은 생각은 없었지만 이화여전에 철학과가 생기지 않는다는 것을 알고 나중에 유학을 가게 되었다.

　박마리아 선생이 우리 반 담임이었고 나는 A반 반장을 했다. 박 선생님은 영어와 영어 회화를 가르쳤다. 내가 박 선생님을 찾아가 "이화에도 철학과가 생겼으면 좋겠다"라고 했더니 "그럼 김활란 총장과 의논해 보겠다"라고 하셨다. 박 선생님이 김 총장과 의논한 후 "여자들이 철학을 해서 뭐 하느냐"라며 그럴 계획이 없다고 말씀하셨다. 나는 철학을 공부하고 싶어 1947년 11~12월 미국으로 떠날 수속을 했다. 출국 수속을 하고 있자니 내 동생도 사실 미국에 가는 것을 싫어했다. 부모님은

"모두 꼭 가라" 또는 "가지 마라"라는 말씀을 안 하셨다. 우리 집이 개화된 집안이고 아버지도 일찍부터 호주도 다녀오고 하셨으니 서양에 딸들을 보내는 것에 대해 반대하지 않으시고 그런 염려도 없으셨다. '너희가 가고 싶으면 가라'는 입장이었다. 가만히 생각하니 '이런 혼란기에는 제대로 공부도 못 하니 나가서 빨리 공부하고 오는 것이 좋겠다'는 생각이 들었다. 카우치 교수가 나는 잘 모르고 내 동생을 귀엽게 보고 자기 딸처럼 보아 부르려고 했는데, 자기들 생각에 어린 여자를 혼자만 오라고 하는 게 보기 좋지 않아 언니인 나까지 초청했다고 했다. 우리 둘 다 미국에 가는 게 좋지는 않았지만, 카우치 교수 덕분에 나와 동생은 공부를 더 하고 싶다는 소원을 이루게 되었다.

제3부
—
미국 앨라배마 대학교 유학 시절

미국 유학 뱃길과 앨라배마 도착

1947년 12월 군인 수송선을 타고 미국으로 갔다. 인천 앞바다에서 미국으로 떠나려는데 일반 수송선은 없고 군함밖에 없었다. 미국으로 가는 배라는 것이 미군 배밖에 없어 미군 수송선을 탔다. 미군 수송선은 일본과의 태평양전쟁에 참여하고자 전선까지 왔다가 돌아가는 상황이어서 주 승객이 미군이었다. 군인이 아닌 승객은 위층에 타고 미군은 모두 밑에 탔다. 배에는 일반 승객이 여러 명 타고 있었다. 그중 『초당(The Grass Roof)』(1931)이란 소설의 저자인 강용흘 씨도 있었다. 그분은 미국 유학생으로 미국에서 공부하고 자리 잡아 소설을 쓰는 문인이었고, 해방 후 미군정이 들어서니까 서울에 들어왔다가 다시 미국으로 돌아가는 길이었다. 그리고 '미세스 킴'이라는 사람도 있었다. 그는 남편하고 미국으로 유학을 갔다가 남편이 신학을 전공해 목사가 되었는데, 미군정이 들어서 한국에 들어왔다가 돌아가는 길이었다. 그리고 천주교 신자인 듯한 미국 여자가 탔는데, 풍기는 모든 것이 수녀 같은 분이었다. 미국 여자는 한국인 수녀를 데리고 탔다. 그러니까 학생은 우리밖에 없었다. 해방 이후 학생으로 미국 유학을 떠난 것은 우리가 처음이 아닌가 한다.

우리가 탄 미군 수송선은 오키나와와 요코하마를 차례로 들렀다가 샌프란시스코로 가는 배였는데, 미국에 도착하는 데 16일가량 걸렸다.

태평양에서 배가 요동치고 흔들리니까 음식도 못 먹겠고 배에서 주는 음식이 양식이라 식성에 맞지 않아 제대로 먹지 못해 고생했다. 미세스 킴이라는 분이 우리를 딸, 동생처럼 보살피며 적응하는 데 도움을 주었다. 1948년 정월 초하룻날 아침에 배는 샌프란시스코 금문교로 들어갔다. 금문교에 들어서니 미군들이 '와' 하고 소리를 냈다. 미군들은 사지로부터 살아나와 고향에 돌아오니 난리가 난 것이었다.

2002년 정초의 일이다. 내 바로 밑 동생이 버클리 옆 오클랜드에 사는데, 그 동생에게 딸이 둘이 있다. 그중 하나가 ≪샌프란시스코 크로니클(San Francisco Chronicle)≫에서 부장으로 일하고 있다. 조카딸이 어린 나이에 출세해 큰 신문사의 부장 자리에 있고, 그 남편도 신문사에서 같이 일하고 있다. 내가 신년을 동생의 오클랜드 집에서 보냈는데, 조카사위가 마침 정초에 샌프란시스코 해안으로 드라이브하자고 해서 따라가 2002년 정월 초하룻날 금문교를 지나게 되었다. 금문교를 지나니 옛 생각이 났다. 내가 "1948년 정월 초하룻날이 미국에 처음 배 타고 금문교에 들어온 날"이라고 말하니 모두 웃었다.

아무튼 미국 샌프란시스코에 도착했다. 이화여전 우리 반에서 영시(英詩)를 조금 배운 실력으로 미국 유학을 갔으니 우리가 얼마나 촌닭 같았고 겁을 먹었는지 모른다. 우리 어머니의 처녀 시절 친구가 하와이에 갔다가 샌프란시스코로 와 살고 있었다. 그 시절에 우리 어머니가 그 친구와 어떻게 편지 교환을 했는지 모르겠지만, 우리가 미국에 간다고 하니 어머니가 그 친구한테 편지를 쓰셨던 모양이다. 그래서 어머니 친구가 우리를 마중하러 나와서 그 집으로 갔는데, 아마 그게 차이나타운 근처였던 것 같다. 그 집에서 며칠을 지냈는데, 그분이 우리에게 구두도 사주고 가방과 옷도 사주면서 돌보아 주셨다. 며칠 후 기차를 타고 로스앤젤레스로 갔다. 그때는 그레이하운드(Greyhound)[1]도 없고 기차밖에 없었다. 아마 여덟 시간은 족히 걸렸던 것 같다. 내가 얼마 전에 그 철도를 탔는데 예닐곱 시간은 걸렸다.

로스앤젤레스에 가니 UCLA 등 대학이 많았다. 젊은 학생들이 기차에서 내려 각자 친구들을 만나니 플랫폼에서 '와' 하는 소리가 터졌다. 젊은이들이 서로 즐겁게 허그(hug)하고 키스하는 모습을 보니 '이런 세상이 무슨 낙원이야. 참 별스러운 세상'이라는 생각이 들었다. 미국 젊은이들은 잘 먹어서 그런지 예쁘고 신선하고 발랄했다. 새해 연휴(New Year Holiday)가 지나고 학교가 개학해 학교로 돌아가던 시기였다. 촌닭 같던 우리 눈에 별천지는 그런 것이었다. 거기서 나와 내 동생은 애리조나주, 뉴멕시코주, 텍사스주, 루이지애나주를 거쳐 미시시피주, 앨라배마주로 올라갔는데 열흘 정도 걸렸다.

기차를 타고 가는데 말은 안 통했지만 그래도 둘이서 가니 다행이었

---

1   미국의 장거리 고속버스, 시외버스 회사다. 비행기를 탈 돈이 없는 저소득층이 많이 이용한다 (엮은이 주).

다. 그때 동생은 18살, 나는 22살이었다. 텍사스주까지 3~4일 걸렸고 앨라배마주까지는 7~8일 걸렸던 것 같다. 기차는 좌석이 넓기는 했지만 침대 기차도 아니었고 겁에 질려서 갔다. 불안해서 기차를 그냥 탔다. 기차에서 누구를 만나 이야기하고 한 기억은 없다. 앨라배마 대학교가 있는 도시가 터스컬루사다. 앨라배마역에 도착하니 카우치 교수가 부인하고 그 도시의 장로교 제일교회 목사와 함께 마중을 나와 있었다. 우리가 장로교 목사 딸들이라 그랬던 것 같다. 카우치 교수 부부도 장로교회에 다니고 있었다. 우리는 카우치 교수 집에 머물면서 학교를 다녔다. 당시 카우치 교수도 젊어 아마 조교수였던 것 같은데 월급도 얼마 되지 않았을 것이다. 카우치 교수 부인도 앨라배마 대학교 학생처에서 일하고 있었다. 카우치 교수는 학교에서 4마일 정도 떨어진 교외에 새로 집을 지어 살면서 출퇴근했다.

앨라배마 대학 생활과 카우치 교수의 도움

동생과 나는 카우치 교수 집에 머물렀다. 나는 도서관 사서실에서 아르바이트를 했고, 동생은 사무실에서 심부름을 하는 아르바이트를 했다. 카우치 교수 집에서 몇 학기를 머물다가 기숙사로 옮겨 생활하면서 일했다. 우리가 지낸 기숙사(cooperative dormitory)는 형편이 어려운 학생을 위한 곳이었다. 이 기숙사는 식당 일이나 청소 등 모든 것을 학

미국 유학 시절의 나, 아버지, 카우치 교수, 여동생들(오른쪽부터)

여동생(왼쪽)과 함께

생들이 스스로 하며 사는 곳이었다. 카우치 교수 집에서 기숙사로 옮겨 살다 보니 동료 여학생들의 생활을 직접 보게 되었다. 우리가 보수적인 집안에서, 보수적인 문화에서 자라서 그런지 한 번 크게 놀랐다. 학생들이 자연스럽게 데이트를 하는데, 오늘은 이 친구하고, 내일은 저 친구하고, 주말에는 또 다른 친구하고 데이트하는 것이었다. 그렇게 자유스럽게 남자 친구와 사귀고, 친구를 만나러 나갈 때는 차려입고, 학교 캠퍼스 잔디밭에서 남자 친구와 앉아 키스하다가 드러눕는 것이 참, 이게 무슨…….

내가 철학을 좋아하니까 카우치 교수가 철학과 교수실로 나를 데리고 갔다. 철학과 교수는 젊고 키가 크고 가느다란 얼굴에 아주 날카로운 인상의 학자였다. 그 교수가 "무엇을 전공하려고 하느냐"라고 통역을 통해 물어 오자 내가 아는 건 실존철학뿐이라 "실존철학에 관심이 있다"라고 답했다. 교수는 어이없어 하며 자기는 분석철학을 하는 사람이고, 철학과에는 교수가 두 명 있는데 다른 분은 원로 교수로 문과대학 학장(dean)이라고 했다. 결국 강의가 가능한 것은 자기 혼자인 셈이며 학생도 몇 명 없다는 것이다. 그리고 내 영어 실력이 부족해 어렵겠다며 홈 이코노믹스(home economics)인 가정학을 공부하라고 권했다. 나는 가정학에 관심도 없고 거리가 먼데……. 집에 가서 학교 카탈로그(catalog)를 뒤져보았다.

일제강점기에 우리가 사회학이라고 하면 '사회주의사상과 사회주의'를 가리켰다. 일본만 해도 '사회사상', '사회과학'이라고 하면 모두 마르크시스트가 되었기 때문이다. 서울대학교에서는 유물사관에 입각한 백남운의 조선사나 마르크스에 대해 공부할 수 있었던 모양인데 이화여전만 해도 그런 것을 강의할 만한 분이 없었다. 좌익 학생들이 서클에 모여 공부했을 수는 있지만 일반 강의실에서 강의한 분은 없었다. 철학 강의로 서양철학을 서울대에서 오래 가르치신 분으로 컬럼비아 대학교에서 박사학위를 하셨던 김준섭 교수를 들 수 있다. 나는 서양철학에 대해서는 별 흥미를 못 느꼈고 김은우 선생의 강의에만 관심이 있었다. 김은우 선생의 강의는 철학자들을 중심으로 가르쳐서 재미가 있었는데, 과학철학과 분석철학이 있다는 것은 몰랐다.

학교 카탈로그를 보는데 인류학도 있고, 사회학, 사회사상사 그런 것이 내 마음을 끌었다. 내가 학부 과정부터 수업을 들으니 수학, 영어, 식물학, 동물학, 미국의 역사 등 아무튼 일반 교양과목, 필수 교양과목 학점을 다 따야 했다. 어학 코스(language course)는 없었다. 나는 수학 공부에는 자질이 없는 사람인데 수학은 공식을 푸는 것이었다. 미국 학생들은 일반적으로 수학을 참 싫어했다. 그래서인지 수학 성적이 A로 제일 높았다. 첫 학기 학점은 B를 주로 받았고 A도 좀 있었던 것 같다. 앨라배마 대학교의 사회학 강의 수준은 괜찮았는데, 주로 사회문제를 중심으로 하는 범죄학이란 과목이 있었다. 사회조사방법은 그야말로 여론조사를 하는 방법을 가르쳤다. 우리는 사회계급론이 주였지만, 미국에서는 사회계층론을 가르치면서 계층 지표로 집에 라디오나 냉장고가 있는지, 생활 품목, 수입, 지출, 직업, 교육 등을 모두 조사하고 지표화해 중류 계층, 상류 계층 등을 분류했다.

그런데 내게 인상이 깊었던 것은 인류학이었다. 인류학 교수가 멕시코 유카탄반도의 원주민들을 대상으로 필드 조사(field research)를 한

분인데, 유카탄 원주민의 생활양식에서 몽골 문화와 같은 특징이 나타난다고 했다. 아이들을 업는 생활양식이라든지 생활철학 등을 알기 쉽게 설명해서 재미가 있었고, 문화상대성 이론을 가르쳤다. 내가 제일 기대했던 사회사상사는 유럽 화란(네덜란드)에서 망명을 왔는지, 아무튼 화란 출신의 노교수가 강의했는데 그분의 영어 발음을 알아듣기가 힘들었다. 두꺼운 책을 가지고 강의했는데, 마르크시즘에 대해서는 한 쪽이나 한 쪽 반을 넘기는 분량으로 강의했다. 콩트(A. Comte), 뒤르켐(E. Durkheim), 베버(M. Weber)에 대한 이야기가 많이 나왔다. 사회진화론 정도는 조금 들렸던 기억이 난다. 사회사와 사회사상도 제대로 공부하지 못했다. 당시 앨라배마 대학교는 학생이 2만 명 정도 되었는데, 미국 남부 대학으로 학생들의 지적 수준이 그리 높지는 않았던 것 같다.

제2차 세계대전이 끝나고 전쟁터에서 돌아온 젊은이들이 대학으로 쏟아져 들어왔다. '제대군인원호법(GI Bill of Rights)'이라고 해서 참전한 젊은이들은 대학에서 무료로 공부할 수 있었다. 공과대학이나 실용과학 쪽에서 학생들이 넘쳐났다. 철학과 학생은 두세 명밖에 되지 않았다. 내가 도서관에 가보아도 실존철학에 관한 책은 하나도 없었다. 물론 내가 안다고 찾아본 실존철학에 대한 책이 없었다는 말이다. 당시 미국은 승승장구하는 나라로 젊음, 민주주의, 자유주의에 대한 희망이 차오르고 고민이 없는 곳이었던 것 같다. 당시 앨라배마 대학교에 동양에서 유학 온 학생은 없었고 남미 출신의 유학생 정도가 있었다. 나는 고민이 없는 사회에서 공부해 1952년 6월 졸업했다.

분단 조국의 극복과 여성의 사회적 역할

6·25전쟁 때 나는 미국에 있었다. 전쟁이 났다는 사실은 알고 있었다. 6·25전쟁이 났든 안 났든 우리 민족이 식민지를 겪으며 경험한 것, 우리 집안이 신사참배로 당할 때 내가 경험한 것, 여성들이 당한 것과 여러 처참한 것들이 늘 마음속에 있었다. 6·25전쟁은 내가 대학을 졸업하기 전에 났고 카우치 교수가 한국을 왔다 갔다 했다. 카우치 교수를 통해 어느 정도 한국 소식을 들어 알고 있었다. 장로교 선교국의 선교사에게 가족의 안부를 알아보았더니 "가족은 진해에 있고 무사하다"라고 전해왔다. 6·25전쟁으로 우리 민족이 겪는 모든 일을 멀리 미국에 앉아 신문이나 텔레비전으로 듣고 있었다. 이제 '우리 민족이 해방되었지만 다시 분단되어 겪는 민족의 문제를 앞으로 어떻게 극복하느냐. 우리 여성은 여성으로서 할 일이 무엇인가'라는 생각을 하게 되었고, 미국 여성들의 삶에 관심을 갖고 유심히 지켜보게 되었다.

미국 사회에 여성들이 직업적으로 참여할 뿐만 아니라 지역의 사회와 정치 영역에서 자발적으로 봉사 활동을 하는 모습이나 조직 활동을 하는 모습을 관심 있게 보게 되었다. 그러면서 '민주주의는 인간이 개인적으로 자아의식을 확고하게 확립해 자율적으로 살아가면서 사회와 국가에 자발적으로 참여할 수 있게 하는 제도'라는 것을 알게 되었다. 사회학을 공부하고 미국에서 생활하면서 그런 것을 깨닫게 되니 '내가 귀국하면 조국은 분단되었지만 남한만이라도 자유민주주의를 할 수 있다는 것, 그러면 우리 사회가 민주화를 이루어 언젠가는 자율성을 회복하게 되고 민족 통일을 이룩하지 않을까'라는 참으로 막연한 생각을 갖게 되었다.

종교교육대학원 입학과 동창상 수상

나는 6·25전쟁 중에 미국에 있었고 전쟁 중이니 학교를 졸업해도 한국에 갈 수 없었기에 공부를 더 하고 싶었다. 학교에는 여러 교과의 목사들이 나와 학생들을 지도하는 채플린(chaplain)[2]이 있었다. 장로교과에도 채플린이 있어 졸업 후 어디로 진학할지 학생들과 의논했다. 미국 장로교는 남북으로 나뉘어 있었다. 내가 철학이나 신학 등을 더 공부하기를 희망하니 채플린이 남장로교 지역과 남장로교회 소속 신학교(장로교신학교)를 소개해 주었다. 남장로교회 신학교는 버지니아주 리치먼

2　원래 채플린은 군대의 군종목사를 말하며 줄여서 '군목'이라고 한다. 여기서는 군인 대신 학생을 지도하는 목사를 가리킨다. 위키백과에서 '채플린' 검색[https://ko.wikipedia.org/wiki/채플린_(기독교)].

드에 있었다. 버지니아주 리치먼드인데도 불구하고 당시 여학생들은 신학교를 안 가던 때였다.[3] 교회에서 여자들은 주로 종교교육 지도자, 남자들은 목사로 역할이 나뉘어 있었다. 남자들은 신학교에 가서 목사가 되고, 여자들은 종교교육과에서 석사과정을 마치고 종교교육 디렉터가 되었다. 종교교육대학원 2년 과정이 남장로교회 신학교에 있었는데, 그 신학교에 가면 장학금이 보장된다고 했다. 나는 신학 강의를 들으면서 내가 듣고 싶은 강의도 들을 수 있다고 생각해 버지니아주 리치먼드에 있는 신학교를 선택했다. 신학교에 가기 위해 이력서를 쓰다 보니 전공과 이력이 맞지 않아 이력에서 많은 내용을 빼기도 하고 여백이 많아지면 뺀 것을 다시 넣기도 했다.

몇 해 전에 진해에 있는데 남장로교회 신학교에서 모교를 빛낸 동창상을 주겠다며 동창회를 통해 소식을 보내왔다. 동창회 날을 정해주고 오라는데, 나는 가지 못하는 대신에 연설문(speech)을 답사로 써서 보냈다. 그리고 워싱턴에 있는 동생 부부가 가서 나를 대신해 읽었다. 동생이 그 모습을 비디오로 찍어 보내주었다. 내가 교회 계통에서 별로 활약하지 않기 때문에 그곳을 졸업했지만 종교교육 측면에서는 별로 활용하지 못했다.

---

3 교회에서 남자와 여자의 역할이 나뉘어 있어 신학교를 졸업해도 여자는 목사가 되지 못하고 종교교육 지도자밖에 될 수 없어 여학생들은 신학교에 가기를 꺼렸다(엮은이 주).

앨라배마 대학교는 신입생들이 들어올 때 건강검진을 받게 했다. 검사를 받았더니 앨라배마 대학병원에서 엑스레이 사진을 보내왔다. 사진을 보니 나의 폐 상태가 좋지 않았다. 이미 2년 넘게 병을 키워왔다고 한다. 나하고 내 동생하고 같이 검진받았는데 동생 이름이 효숙이고, 내 이름이 효재라 '효(效)' 자가 같아 내 엑스레이를 보고 동생이 먼저 불려가 재검진을 받았는데 동생은 괜찮았다. 그리고 내가 재검진을 받았더니 폐결핵에 걸린 게 확인되었다. 그래서 공부를 중단하고 폐결핵 요양소에서 한 2년 있었다. 요양소에 있을 때 라디오와 신문을 통해 미군의 한반도 뉴스를 들었는데 한국 사정이 처참했다. 결핵 요양소 비용은 무료였다. 시립이거나 공립 요양소였던 것 같다.

카우치 교수 부인이 나를 극진히 돌보아 주셔서 잘 쉬었다. 제2차 세계대전 후 미국에서 폐결핵 치료 방법과 약은 기흉 치료와 스트렙토마이신(streptomycin) 주사의 두 가지였다. 그러니 쉬면서 치료받는 것이었다. 그곳은 미국 남부이고 흑백이 분리되어 흑인들은 없었다. 백인 의사가 폐결핵균이 임파선까지 들어갔다고 해서 수술을 받았다. 수술을 받고 2년 있으니 매카시선풍이 불었다. 매카시(J. McCarthy)가 어쩌고 닉슨(R. Nixon)이 어쩌고 했지만 그때만 해도 나는 정치 상황이나 세계사에 대한 인식이 별로 없었다. 그저 우리 민족을 보면 가엽고 불쌍해 '내가 앞으로 우리 민족을 위해 무엇을 하느냐'라는 생각만 했다. 우리 민족사를 세계사와 관련시키지 못했고 미국의 위치나 미국 내 정치 상황에 대해서도 깜깜하게 몰랐다. 당시 매카시와 닉슨이 의회 청문회를 한다며 야단이 났다. 나중에 컬럼비아 대학교에 갔을 때 알게 되었지만 매카시즘으로 인해 1962년 당시 컬럼비아 대학교나 버클리 대학교에서 좌익계 교수들이 다 밀려났다고 한다.

병을 치료하고 나서 리치먼드로 돌아가 2년 공부하고 1955년에 졸업했다. 공부해 보니 그 시절 미국 교회 내 종교교육은 재미도 없고 매력을 못 느꼈다. 교육 방법이나 교육 조직에 대한 것을 강의했는데, 주일학교(Sunday School)를 새롭게 조직하는 교과과정(커리큘럼) 같은 것이었다. 유치원 교육을 위시해 중·고등학교 주일학교에 대한 교육이었다. 그런 강의는 한국 상황과 전혀 맞지 않고 해서 나는 별로 재미를 느끼지 못했다. 신학교에 가니 조직신학이 있는데 강의하신 분이 그런대로 진보적이었다. 미국 남부 신학의 입장은 상당히 보수적이어서 조직신학을 조심스럽게 강의했다. 하나님의 계시에 따라 역사와 우리 인간의 삶이 다 결정되어 있는 것으로 보수 신학에서는 믿고 있는데, 그분은 하나님의 계시가 '진보적 계시(progressive revelation)'라고 설명했다. 그 말이 내가 배운 것 중에서 기억에 남는 것이었다. 진보적 계시란 말이 나한테 새롭게 들어왔다. 그리고 나는 문화의 상대성이론과 사상에 눈을 뜨게 되었다. 그렇게 신학이나 종교교육으로 졸업은 했지만 당시 한국으로 돌아와 무엇을 할 수 있겠나 싶었다. 직장도 없고 직업도 없으니 사회학이 다시 생각났다.

컬럼비아 대학교에서 사회학을 공부하다

'사회학은 새로운 학문이고 이것을 배우면 현실 사회를 조사해 사회 개혁을 이룩할 수 있다'는 생각이 들었다. 그래서 컬럼비아 대학교로 갔다. 마침 동생도 앨라배마 대학교를 졸업하고 뉴욕에 있었다. 당시 미국 남부에는 한국 유학생들이 없었지만 북부의 뉴욕 대학교나 컬럼비아 대학교에는 한국에서 유학 온 남학생들이 있었다. 동생이 먼저 뉴욕으로 가서 유니언 신학교 종교음악과에 입학했다. 거기서 동생은 남편인 노광욱을 만났다. 노광욱은 서울대 치과대학에서 교편을 잡다가 구겐하임 재단 장학금(Guggenheim Foundation Fellowship)으로 미국에서 치과 공부를 하던 중이었다. 박정희 정부 초기 외무부 장관을 맡은 이동원 씨와 정일권 씨, 강원용 목사 등 여러 이름 있는 사람들이 당시 뉴욕에 많이 와 있었다. 강 목사는 캐나다에 갔다가 뉴욕에 와 있었다. 그때 뉴욕에 있던 이들은 진보적인 신학을 외치고 한국 문제를 가지고 논의하는 그룹이었다. 내 동생이 뉴욕 컬럼비아 대학교에 있으니까 나도 컬럼비아로 갔다.

컬럼비아 대학교는 사범대학(Teacher's College)이 유명했다. 김활란 선생도 컬럼비아 대학교 사범대학에서 박사학위를 받았다. 그런데 컬럼비아 칼리지(Columbia College)는 남학생만 받는 소위 아이비리그 대학에 속했다. 한편 버나드 칼리지(Barnard College)라고 하는 여자대학과

스미스 칼리지(Smith College)는 아이비리그에는 속하지 않았다. 그렇지만 이 두 칼리지에는 내가 가고자 했던 정치학대학원(Graduate School of Political Science)이라는 사회과학대학이 있었다. 그때만 해도 사회학이 별로 알려져 있지 않았다. 컬럼비아 칼리지는 독립적으로 운영되었다. 칼리지 학부와 대학원에 소속된 교수들은 서로 별 상관이 없었다. 『파워 엘리트(The Power Elite)』(1956)를 쓴 밀스(C. W. Mills)가 컬럼비아 칼리지에 있었다. 밀스 교수가 우리 대학원에서 가르치지는 않았다. 컬럼비아 칼리지 교수 중 밀스가 유일하게 미국의 쿠바 정책을 비판했다. 좌익계 교수들이 모두 쫓겨나는 중에도 밀스는 살아남았다. 『파워 엘리트』를 쓰고 미국의 사회구조를 비판했지만 그 자신이 코뮤니스트는 아니었던 모양이다. 미국의 파워 그룹(power group)을 비판하는 정도였던 것이다.

정치학대학원에는 머튼(R. K. Merton), 라자스펠드(P. Lazarsfeld), 구드(W. J. Goode), 데이비스(K. Davis)가 있었다. 이들은 사회의 구조적 질서를 과학적으로 실증할 수 있다고 하는 구조기능주의론자들이었다. 이 그룹에 있던 사회심리학과 교수 로젠버그(M. Rosenberg)는 레퍼런스 그룹(Reference Group) 이론가로 마케팅 리서치(Marketing Research)나 마케팅 조사를 가르쳤다. 그리고 『계급, 지위, 권력(Class, Status, and Power)』(1953)을 쓴 벤딕스(L. Bendix) 교수한테 사회계층론을 배웠다. 벤딕스 교수는 미국 사회를 계층화하는 이론을 가르쳤다. 독일 출신인 라자스펠드가 사회조사방법을 가르쳤다. 그는 조사방법에 관한 이론, 실증주의 이론을 가르쳤다. 머튼 교수는 중범위(Middle Range)라고 하는 구조기능주의 이론을 가르쳤다.

나의 관심은 '우리 현실을 어떻게 이해할 것인가, 그리고 당면한 우리의 문제를 어떻게 제대로 파악할 것이며 어떻게 우리 사회를 개혁해 새 사회를 건설할 것인가'에 대한 것이었다. 하지만 정치학대학원에서 강의하던 교수들의 관심은 사회의 구조적인 성격을 미시적·논리적·실증적으로 연구하고 분석하는 데 있었다. 이런 강의는 나한테 힘들었다. 사회계층론은 사회를 계급과 계층으로 배우는 것이어서 그런대로 재미있었다. 조선 사회를 신분 사회라고 하고 신분 사회에서는 사회이동이 없다는 것이 전제인데, 나는 '조선조 신분 사회의 사회이동(Social Mobility)'을 갖고 석사 논문[4]을 썼다. 컬럼비아 대학교 동양학 도서관에 소장된 일본 책들을 참고 자료로 썼다. 지금 생각하니 그 석사 논문은 굉장히 피상적이었지만 내 나름대로 문제의식을 갖고 썼던 것 같다. 일본인 경제사학자 시카타 히로시(四方博)[5]가 쓴 책에 신분 이동의 통계가 나와 있

---

4 이 논문 제목은 "A Study of Social Mobility in Yi Dynasty of Korea, in the Light of Functional and Value Theories of Social Stratification"으로 서울대 학생회가 발간한 ≪문리대학보(文理大學報)≫, 제6-2호(통권 제11호)(1958), 43~53쪽에 요약된 것이 실렸다(엮은이 주).

5 시카타 히로시는 조선 후기 사회경제사 연구에 괄목할 만한 업적을 남긴 학자다. 조선 후기 호적대장 연구를 비롯해 해방 후 일본의 식자층에서 거론하는 '식민지 미화론'과 관련해

었다. 그 통계를 인용해 피상적으로 썼다. 조선 사회나 한국에 대해 아는 사람은 당시 아무도 없었다. 뭐, 웃기는 논문이었다고 생각한다. 지금 그 논문은 나한테 없지만 컬럼비아 대학교에는 있을 것이다. 그렇게 2년 만에 석사과정을 마쳤다. 지금 가족사를 연구하며 석사 시절을 회상하지만 그때 지도 교수도 잘 기억나지 않는다. 미국의 기라성 같은 학자들이 있었고 나는 그저 열심히 학점을 땄다.

미국 교수들도 한국에 대해 잘 모르는데 외국 학생이 와서 공부하고 있으니 그냥 졸업장 하나를 준 게 아닌가 한다. 그 무렵 백낙준 선생이 컬럼비아 대학교에 왔다. 그때 컬럼비아 대학교에서 사회학을 공부하는 한국 사람은 나 혼자뿐이었다. 마침 경기여고를 졸업한 오덕주라는 사람이 와서 나하고 1년 같이 있었다. 하지만 결혼한다고 학업을 그만두고 귀국해 버렸다. 나도 미국에 오래 있었다는 생각에 귀국하게 되었다. 내가 1955년에 공부를 시작해 1957년에 졸업했다. 그때가 내가 미국에 온 지 9년 정도 되었고 한국 나이로 34살이었다.

서도 주목할 만한 연구를 했다. 그는 식민지 지배에 소극적인 태도를 지닌 '양심적 교수'로 평가받았지만, 한국사의 정체성론을 주장하는 측면에서나 그 정체성을 벗어나 자본주의로 발전하는 과정에서 일본의 역할을 강조한다는 측면에서는 다른 정체성론자들과 차이가 없다. 이만열, 『일제 식민지 근대화론 문제 검토』, ≪한국독립운동사연구≫, 제11집(1997), 301~328쪽.

미국 공학도의 청혼과 귀국 길 단상

앨라배마 대학교에 있을 때 나는 장로교회 학생회에 속해 있었다. 그 학생회에 공학(엔지니어링)을 공부하던 미국 학생이 있었다. 그 학생은 오하이오주 클리블랜드가 고향으로 학생회나 예배 모임에서 만났는데, 나한테 은근히 관심을 갖고 가까이 했으며 카우치 교수하고도 친했다. 졸업할 때쯤 카우치 교수를 통해 나하고 결혼하고 싶다는 이야기를 했다. 내 머릿속에는 한국에 대한 생각 외에 다른 것이 없었다. 그러니 미국 사람과의 결혼을 생각할 수 없었고, 미국 사람과 결혼해 미국에서 산다는 것을 생각하지도 않았다. 그 학생이 나를 그렇게 생각하고 열심히 관심을 보이고 그랬는데, 나중에 클리블랜드에서 후일담을 들으니, 우리 이화 선배가 영문학을 공부하러 클리블랜드에 갔다가 그와 결혼했다고 한다. 그는 동양인 학생을 좋아했던 것 같다. 그렇게 결혼한 선배는 이숙례 선생하고 친구였다. 이 선생이 미국에 가면 그 집에 가기도 해서 내가 간접적으로 소식을 들었다.

앨라배마 대학교에는 한국 남학생이 없었지만 컬럼비아 대학교에는 많았다. 남학생들은 많았지만 나는 나이가 많았고 나보다 나이가 어린 여학생들이 이미 있었다. 나는 결혼 생각 없이 공부에 빠져 있었다. 가끔 동생 집에서 강원용 목사를 만나면 늘 한국 정치 이야기를 했다. 귀국한 후에도 강 목사를 만나면 내가 보수적인 학교를 다녀서 보수주의

자라고 했다.

나는 공부에만 빠져 있었고 한국으로 돌아가고 싶었다. 1957년 1월
에 아버지가 돌아가셨다. 그때 한국으로 갈 수 있는 방법은 배밖에 없었
다. 비행기는 군용 비행기만 있었다. 상선은 태평양을 다녔다. 컬럼비
아 대학교에서 한 2년은 내 동생 부부가 결혼해서 사니까 나도 그 옆에
방을 하나 얻어가지고 살았다. 1957년에 한국에 올 생각을 하니까, 그
때도 많은 사람들이 부산 피난살이를 하던 때였고 서로 한국을 못 떠나
야단일 때였다고 한다. 그러니 주위 사람들이 "왜 한국을 가느냐, 남들
은 못 와서 난리인데……"라고 말했다. 하지만 그런 소리가 내 귀에는
안 들어왔다. 그때 백낙준 선생이 와서 내가 사회학을 한다니까 "연세
대학교에 와서 사회학과를 하자"라고 했다. 그래서 나는 은근히 기대를
하고 한국으로 돌아왔다.

나는 미국에 있으면서 자연히 한국 가족과 여성 생활에 대한 관심,
한국 여성 문제에 대한 관심을 많이 가지게 되었다. 그때 미국에서는 중
류 가정이 교외로 나가 집을 지어 사는 행복한 중산층(middle class)이 생
기기 시작하던 무렵이었다. 그러니까 가정주부(house wife)들은 그야말
로 자원봉사자로서 선거운동, 커뮤니티 서비스, 사회사업을 위한 공적
기금(community chest), 복지 기금 등을 모금하는 일에 많이 참여했다. 한
편 여성들이 직장 생활을 하는 데도 관심이 있었다.

당시 대학원 사회학과에는 여학생들이 조금 있었다. 제2차 세계대

전 후라 남녀 할 것 없이 대학에 많이 들어왔다. 대학원에 온 여자 학생들은 여성 문제의식이 있거나 학문을 위한 것이 아니라 직업을 가져야 하는 사회니까 취업을 위해 대학에 왔던 것 같다. 전문 직업 분야에 대한 실용적인 교육이 미국의 대학 교육이었다. 박사학위를 받아 교수를 직업으로 삼은 여자 교수들도 있었지만, 사회과학 분야에는 없었다. 컬럼비아 대학교만 해도 전부 남자 교수뿐이었고 대학원에 여자 교수는 없었다. 우리 대학에서 여자들은 모두 언어 계통이나 홈 이코노믹스를 가르쳤다. 영어 어학 수업(Language English Class)은 전부 여자들이 가르치던 그런 시절이었다.

제4부
—
귀국과 대학에서 강의 시작

귀국과 민주주의에 대한 희망

한국으로 돌아오는 길은 시애틀로 가 배를 타는 것이었다. 시애틀에는 이모와 결혼한 사촌 동생이 살고 있었다. 이모부는 조선통신[1]을 운영하고 있었는데 6·25전쟁 때 납치되었고, 이모가 위암에 걸리자 딸이 어머니를 모시고 미국으로 간 것이다. 그래서 내가 기차를 타고 시애틀로 가 며칠 머물고 그곳에서 상선을 타고 태평양을 건너 부산으로 귀국했다. 시애틀의 사촌 동생은 1957년 7월 미국 남자와 결혼했는데, 그 남편은 보잉(Boeing)의 연구 부서(research area)에서 일하는 사람이었다.

귀국하면서 많은 생각을 했다. 한국에 가면 무엇을 할까. 미국 여성들을 보면서 미국은 자유민주주의 사회로, 내 눈에는 젊음과 희망이 넘치는 이상적인 민주국가 같았다. 나는 미국 남부에 있었지만 흑백이 분리되어 있었다. 앨라배마 대학교에는 흑인이 없어서 흑인문제에 대해서는 관심을 갖지 못했고 백인 입장에 있었다. '미국에서 민주주의라는 것이 저렇게 될 수 있구나. 비록 한국이 분단되었고 통일을 이룩하지 못

---

1   조선통신은 1945년에 창간된 종합 통신이다. 창간 당시 라디오 수신기로 외신을 받아 번역한 라디오 내신과 외신만으로 통신을 발행하다가 1945년 10월 UP통신사와 수신 계약을 체결하면서 한국에서 최초로 외국 통신을 받아들이게 되었다. 6·25전쟁으로 1950년 해체되었다. 한국민족대백과사전에서 '조선통신'을 검색(http://encykorea.aks.ac.kr/Contents/Item/E0052249).

했지만 남쪽 사회만이라도 민주주의를 이루면 언젠가는 우리도 민족주체성을 찾아 통일되겠지'라고 막연히 생각했다. 당시는 근대화 이론이 미국 사회학을 지배할 때니까 남한만이라도 산업화하고 도시화하는 것을 생각했고, 미국에서 배워온 이론들을 가지고 우리 사회가 근대화되면 가족이 변할 것이고, 가족이 변하면 여성들도 사회에 참여할 수 있을 것이라는 생각을 했다.

우리 집안은 신사참배를 반대한 집안으로 기독교에서 가장 근본주의를 주장하는 보수적인 고려파에 속했다. 진해, 마산, 부산 고려파의 골수다. 그때는 나도 마르크시즘과 사회주의는 좋지 않다고 생각하는 자유민주주의자였다. 하지만 보수 신학 입장에서는 자유민주주의도 이단이었다. '내가 새로운 사상을 갖고 돌아가면 받아들여질까' 염려되기도 했다. 부산항으로 들어오면서, 내가 부산에서도 살았는데 마치 일제강점기에 미국 선교사로서 한국에 들어오는 듯한 기분을 느꼈다. 마음속으로 스스로에게 약속했다. 한국이 어렵다는 것을 아니까 내가 한국에 가서 어렵더라도 '불평하지 않으리라, 어렵더라도 내가 참고 살리라'는 약속을 했다.

나는 부산항으로 귀국해 진해에 잠깐 들렀다가 아버지 산소에 가 인사드리고 서울로 갔다. 내 짐 전부를 서울로 부쳤다. 북아현동으로 이사 가기 전 독립문 쪽의 천연동에 셋방을 얻었다. 마침 동생인 이은화가 이화여대 유아교육과에 들어가 하숙을 하다가 나와 합류해 자취 생활을 했다. 천연동 전세방에서 서울 생활을 시작했다.

고황경 선생과의 인연

서울에 와보니 고황경 선생이 이화여대에서 사회학개론을 가르치고 있었다. 고 선생은 경기여고 교장을 하다가 미군정이 들어서자 서울시 부녀국장을 맡았다. 나중에 들은 이야기인데 서울시 부녀국에 있으면서 록펠러 재단의 초청을 받아 모자보건과 산아제한 분야를 둘러보고자 미국으로 시찰을 갔다고 한다. 그때가 1947년, 1948년 무렵이었던 것 같다. 고 선생은 미국에서도 공부하며 이곳저곳 시찰을 다니다가 6·25전쟁을 맞았다. 전쟁 때 고 선생의 가족이 납치되고 집안이 풍비박산이 났다. 전쟁이 나니 유엔군이 남한을 돕게 되었고 미군이 주둔하자 고 선생에게 유엔 참전국들이 있는 유럽에 가서 전쟁에 도움이 될 만한 강연을 부탁했다고 한다. 강연 내용은 '6·25전쟁은 북쪽의 야욕에 따라 북쪽의 남침으로 일어난 전쟁이고, 북쪽의 공산주의가 얼마나 위험한가'라는 것이었다고 한다. 고 선생은 여러 해 동안 이런 내용의 강연을 하며 다니다가 뉴욕에 와서 뉴욕 장로교 여성선교국을 알게 되었다. 감리교가 한국 선교를 하며 일찍이 이화학당을 세워 교육 사업을 많이 했는데, 장로교는 교육 사업 쪽이 약했다. 그래서 장로교 선교국이 한국에 장로교 계열의 여자대학을 만들 계획을 세웠던 것 같다. 고 선생이 뉴욕에 있을 때 그런 이야기가 오고 갔던 모양이다. 고 선생이 한국에 가면 여자대학을 세우는 것으로 사전에 약속이 되어 있었던 것 같다.

고황경 선생은 일제강점기에 이화여전 가정과에서도 학생을 가르쳤다고 했다. 고 선생이 나보다 1년 남짓 먼저 귀국한 것 같은데, 김활란 선생을 잘 아니까 기숙사에 있으면서 문과 학생들뿐만 아니라 교양 과목으로 사회학을 강의했다. 고 선생의 강의는 힘이 있었고 실용적이어서 학생들이 좋아했다. 나는 한국에 오면 백낙준 선생을 찾아가려고 생각했는데, 여자다 보니 이화여대에 더 마음이 갔다.

고황경 선생은 이화여대에서 사회학과를 만들어 시작하고 1년가량 가르치면서 사회학개론만 강의했다. 그리고 새로 만드는 서울여자대학교로 학생을 모집하려고 경기여고, 이화여고, 부산여고 등을 찾아다니며 강연하고 다녀서 이화여대에서 고 선생을 좋아하지 않았다. 이렇게 고 선생은 2년간 서울여대를 만드는 준비를 했고 고 선생의 비서인 권문경 선생이 서울여대 준비 조직을 한다고 먼저 이화여대를 떠났다. 서울여대는 태릉에 땅을 구해 시작되었다.

고황경 선생이 서울여대를 창설한다며 이화여대를 떠날 때 나를 데리고 가고 싶어 했다. 고 선생은 나한테 생활관을 만들어 생활교육을 시키면서 여성 지도자 소수정예 교육을 하자고 했다. 소수의 여성을 대상으로 여성 교육과 학문을 하자는 꿈과 아이디어 이야기에 내 귀가 솔깃했다.

서울대에서 강의

여름방학을 지내고 어떻게 되었는지, 나는 1957년 가을 학기에 서울대에서 강사로 사회심리학을 강의했다. 사회학을 공부했으니 사회학과로 갔는데, 누구를 찾아갔는지는 기억이 잘 나지 않는다. 서울대에 갔는데 심리학과에 김계숙 교수가 있었다. 심리학과에 사회심리학 강좌가 있다고 해서 내가 사회심리학 강의를 맡았다. 첫 강의 클래스가 김경동 선생, 강신표 선생, 임희섭 선생이 학생이었던 클래스였다. 한완상 선생도 군대에 있으면서 서울에 오면 내 클래스를 들으러 오기도 했다. 그리고 장윤식 선생(나중에 캐나다 브리티시컬럼비아 대학교 교수를 지냄)이 김경동 선생보다 한 클래스 위였는데, 장윤식 선생도 내 클래스에 들어왔다. 수강 인원이 11명도 안 되었던 것 같다. 오붓한 분위기에 학생들 눈이 또릿또릿하고 아주 쟁쟁했다. 나의 첫 심리학 강의는 로젠버그한테 배운 레퍼런스 그룹 이론에 대한 것이었다.

당시 서울대 사회학과에는 최문환 교수, 이상백 교수, 이해영 교수, 이만갑 교수가 있었다. 최문환 교수가 베버를 강의했다. 고영복 선생은 당시 학생이었다. 대학원생이었는지 조교였는지는 잘 기억나지 않지만, 김채윤 선생은 이상백 교수의 조교였다. 아마 당시 학생들은 뒷전에서 백남운의 유물사관을 공부했을 것 같다. 미국 실증주의 사회학을 접할 기회가 없다가 내가 사회심리학 강의에서 레퍼런스 그룹 이론을 가르치고, 미드(G. H. Mead)의 사회화 이론(Theory of Socialization), 머튼과 파슨스(T. Parsons)의 사회시스템 이론(Theory of Social System) 등 구조기능주의론을 가르치니 학생들이 재미있어 했다. 그때 서울대에서 내 강의는 인기 있는 강의였다. 처음에는 강의실이 작았는데 수강생이 점점 많아지자 낙산(駱山)대 밑 문리대학 강당에서 강의했다. 내가 일본군 '위안부' 문제로 스위스 제네바에 갔을 때 박경서 목사[2]가 저녁에 초대해 집에 갔더니 박 목사가 그때를 기억하며 '자기들이 내 강의실에 들어오면, 내가 그때 젊고 양장을 했으니까 내 다리만 쳐다보았다'고 우스갯소리를 했다.

서울대 교수와 가족 연구

귀국 후 서울대에서 첫 강의를 하고, 1958년 신학기에 김활란 선생이 이화여대 사회학과에 고황경 선생이 있으니 둘이서 사회학과를 시작해 보라고 했다. 2월인가 3월인가 이화여대에서 강의 결정이 났다. 신입생들에게 미리 공고도 하지 못한 상태에서 학과 생활을 시작했다. 조교는 권문경 선생이었다. 권 선생은 영문학과를 졸업하고 우리 과 조교

---

2   박경서 목사가 스위스 제네바의 세계교회협의회(World Council of Churches, WCC)에서 근무하던 무렵이다(엮은이 주).

가 되었다. 신문방송학과도 1958년에 시작되었다. 사회학과에 입학한 1회 학생들은 모두 80~90명으로 먼저 영문학과에 지원했다가 못 들어가자 사회학과로 온 것이었다. 당시 학교 건물은 본관밖에 없던 시절인데, 사회학과 교수실이 본관 3층 강의실 옆에 있었고 강의실에 학생들이 많았다.

사회학과로 온 학생들은 원래는 영문학과로 가서 졸업하고 빨리 좋은 곳으로 시집갈 생각을 하고 왔다고 생각했다. 그러니 그 학생들이 사회학이라는 학문에 무슨 관심이 있었겠나 싶었다. 미국 사회학에서 배워 온 사회학개론, 사회심리학, 사회조사방법론을 가르치는 데 참고할 만한 책도 국내에 없었다. 한국 사회에 대한 자료도 없었고, 미국에서 가져온 책 하나를 열심히 번역해 내 나름대로 준비해서 강의하면, 학생들은 모두 알다시피 영어 강독을 하는 상황이었다. 사회조사, 가족조사가 그렇게 시작되었다. 1958년 당시 한국 사회에 대한 자료나 연구 등이 너무 없었다.

미국에서는 사회조사방법이나 근대화 이론을 통해 어떻게 여성의 삶이나 가족이 변화하고 어떻게 사회가 변화한다는 것을 배웠고, 사회가 변화함에 따라 가족의 삶이 변하고 여성의 삶도 변한다는 것을 배웠다. 그래서 귀국하고 여자대학에서 사회학을 가르치며 내가 관심을 가진 것은 '한국 사회가 민주화를 하려면 우리 여성들이 어찌 되었든 깨어서 사회에 참여해야 한다'는 것이었고, 그러려면 우리 가족이 빨리 변해야 한다는 것이었다.

그래서 이화여대에서 1958년부터 학생들을 가르치기 시작하면서 가족 연구에 제일 먼저 착수했다. 이화여대에서 한국사회학 강의는 처음이었고, 당시 사회조사방법 강의에서 학생들을 데리고 실제 현장을 조사·연구한다는 것은 없었다. 근대화 이론을 받아들인 입장에서 학생들을 데리고 도시가족, 농촌가족에 대한 연구를 시작했다. 도시와 농촌의 가족을 연구하면서 내 나름으로 우리 사회도 1960년대 이후 서울에는 도시화 조짐이 있고, 1970년대 산업화와 더불어 근대화하면서 국가가 발전한다는 방향에서 가족이 핵가족화된다는 가정을 했다. 즉, '가족이 핵가족화되면 여성은 가족생활에서 해방될 수 있어 직업도 가질 수 있고 사회에 참여할 수도 있다'는 단순한 이론 틀을 가지고 서울의 도시가족이 어떻게 변화하고 있는지를 먼저 연구하게 되었다.

당시 한국에 있던 아시아재단(The Asia Foundation)에서 한국 사회과학 분야를 새롭게 개척하려고 하고 있었다. 서울이 커지고 서울로 사람들이 몰려들어 도시화가 진행되니 가족에 어떤 변화가 있지 않을까 싶어 아시아재단에 '서울시 도시가족조사'에 대해 이야기하고 연구비를 받았다. 그래서 1958년 서울시 도시가족조사를 하게 되었다. 김경동 선생이 조교를 했다. 김 조교는 빠릿빠릿했다. 고황경 선생은 학교를 만드는 데 관심이 있어 이런 일에는 참여하지 않았다. 이만갑 선생하고도 같이했고, 그때 이해영 선생도 참여했는지 모르겠다. 도시가족조사를 같이 계획하고 조사해서 첫 논문을 썼다.

얼마 전 여성한국사회연구회에서 가족 연구에 관한 웹 사이트를 만든다며 내가 그동안 모은 이 분야의 자료를 달라고 해서 살펴보니, 서울대에서 강의를 할 때 발행된 ≪서울대학보≫가 있었다. 그때 김경동 선생이 ≪학보≫에 관여했는지, 나보고 내 석사학위논문 주제가 '조선 사회의 계층, 신분 상승'에 관한 것이라며 그것을 써달라고 했다. 그래서 내 논문을 영어로 요약해 ≪학보≫에 낸 적이 있다. 그것이 나의 첫 논문 발표였는데 지금까지 잊어먹고 있었다. 그다음이 서울시 도시가족에 관한 논문[3]으로 「서울시 가족의 사회학적 고찰」인데, 이화여대 ≪한국문화연구원 논총≫에 실렸다. 아시아재단에서도 ≪사회과학(social science)≫이라는 잡지를 발간하고 있었다.

1958년에 이어 1959년에도 도시가족을 연구했는데 우리 농촌과 비교를 해야 도시화의 영향이 어느 정도인지 측정할 수 있을 것 같았다. 우리의 전통적인 가부장제 가족이 농촌에는 많이 남아 있을 듯해 도시와 농촌을 비교해야겠다는 생각이 들었다. 그래서 아시아재단에 '농촌가족 조사에 대한 연구'를 제안해 연구비를 받았다. 그렇게 아시아재단의 연구비를 많이 받았다. 그런데 나중에 알고 보니 그 연구비가 미국 중앙정

---

3   이효재, 「서울시 가족의 사회학적 고찰」, ≪한국문화연구원 논총≫, 제1집(이화여자대학교, 1959).

보국(Central Intelligence Agency, CIA)에서 나온 돈이었다. 이만갑 선생, 이해영 선생, 내가 영남, 호남, 경기 이렇게 세 지역을 나누어 조사[4]하기로 했다. 이만갑 선생이 경기 지역을 맡았고, 경북 구미와 영양의 양반촌을 내가 맡았다. 호남 담양을 이해영 선생이 맡았다. 이화여대와 서울대 학생들을 조사원으로 삼아 예비조사와 본조사를 했다. 사회학의 새로운 것을 접하면서 학생들이 신나했다. 한국 사회를 구체적으로 실제로 접하면서 조사할 수 있다는 것이 그들에게 새로웠던 것 같았다.

당시 이동원 선생이 서울대 학생으로 이화여대 학생들과 함께 구미 지역의 조사원으로 참여했다. 이동원 선생이 말하는데, 그때 그렇게 실증적인 사회학을 접하는 경험을 하지 않았다면 불문학을 전공했을 것이라고 했다. 이런 과정에서 『한국농촌가족의 연구』가 나왔다. 1959년에 조사했고, 이해영 선생이 서울대에 있으니 아마 서울대 출판부에서 1963년에 출판되었던 것 같다. 1959년에 조사하고 정리한 논문으로 여기저기에 냈다. 당시만 해도 조사한 것을 논문이 아닌 책으로 내려면 시일이 꽤 걸렸다. 이만갑 선생이 천안 친족 구조에 대한 보고서를 냈던 것 같다. 조사한 것을 깊이 분석해 논문을 만들려니 모든 것이 부족했다. 피상적으로 조사한 자료를 가지고 비교하고 제시하는 정도였다. 이론

---

4   심혜경, 「1950년대 말 아시아재단 서울지부의 연구 지원 사례연구: 고황경·이만갑·이효재·이해영의 『한국농촌가족의 연구』를 중심으로」, ≪한국학연구≫, 제49집(2018), 155~188쪽.

적 이해가 빈약한 상태에서 그저 한 단계, 한 단계 깨우쳐가는 과정이라고 생각했다.

이화여대에서 교수 생활과 지역조사

대학에서 학생들을 가르친 경험을 회고하니 서울대에서 강의할 때가 제일 재미있었다. 여학생들을 상대로 가르치는 건 담벼락을 대하는 듯해 답답했다. 클래스는 크고 책은 없고 '이화여대 교육이 대중 교육'이라는 데 대해 실망하게 되었다. 그런데 연구 파일을 살펴보니 1960년 이화여대 사회학과에서 만든 '한국 남녀 대학생들의 한국 가족에 관한 태도를 조사한 집계표'가 있었다. 내가 첫 강의 때 인천 덕적도의 농어촌을 조사한 적이 있다. 방학 때 학생들을 몇몇 그룹으로 나누어 농어촌으로 보내 조사시킨 후 농어촌 조사 보고서를 냈던 것이다. 그때만 해도 학생들이 집을 떠나 타향에 간다는 것을 생각하지 못했는데, 저희들끼리 배를 타고 섬에 갔다 오며 조사를 하고 연구한 보고서의 발표회도 가졌다. 그다음 학기에 2학년인 이덕희, 이연우 등은 모두 똑똑했고, 서울대 학생들과 접촉하며 이화여대 사회학과가 활기찬 분위기였다.

고황경 선생이 서울여대로 떠나고 난 후 이화여대 사회학과에 1학년을 가르칠 강사가 없었다. 노창섭 선생이 왔고, 윤영구 선생이 1년 동안 가르치다가 남편이 하와이로 가니 따라가 버렸다. 또 여자 한 분이 와서 1년 동안 강의했는데, 그 남편이 미국 유학 중이었고 4·19혁명이 나니 미국으로 가버렸다. 그러니까 이화여대에 교수가 없었다. 노창섭 교수는 미국에서 사회학을 공부했는데 어떤 대학에서 학위를 받았는지 기억이 안 난다. 해방 직후 이화여대에 사회학과가 생기기 전에 기독교 무슨 사회사업학과가 먼저 생겼다. 사회학과를 만들면서 기독교학과와 사회사업학과가 분리되었다. 사회사업학과는 미국 하와이주 출신의 이매리 씨가 맡았다. 그 남편은 하와이에서 이승만 씨를 많이 도왔던 분이었다. 그래서 본관에서 사회사업학과하고 사회학과가 같이 사무실을 썼다. 그때 마침 이희호 씨가 미국에서 사회학인지 사회사업학인지를 공부하고 돌아와[5] YWCA(Young Women's Christian Association, 기독교여자청년회) 총무로 있으며 이화여대 사회사업학과에서 시간강사를 하던 때였다. 하여간 내가 학생들한테 참 미안했기 때문에, 당장 서울여대로 가지 않고 남아 1회 입학생들을 졸업시켰다. 김주숙 선생은 2회로 입학했다가 3회로 1년 늦게 졸업했다. 내가 김주숙 선생 클래스를 3년 가르치고 그다음 3~4회 입학생은 1~2년만 가르쳤다.

---

5 이희호는 미국 램버스 대학교와 스카릿 대학에서 사회학을 공부했다. 귀국한 뒤에 이화여대 강사, 여성문제연구원 간사, YWCA 총무, 한국여성단체협의회 이사 등을 맡아 활동했다. 1962년 당시 야당 정치인이던 김대중과 결혼했다(엮은이 주).

서울여대로 옮기고 나서

1961년 2월에 사회학과 4학년을 졸업시키고 3월에 서울여대로 옮겼다. 1958년에 미국에서 귀국해 1961년 신학기에 서울여대로 옮긴 것이다. 1년 반을 서울여대에 있다가 1962년 가을 학기에 버클리 대학교로 다시 유학을 갔다. 그래서 1963년 케네디(J. F. Kennedy) 암살 사건이 났을 때 미국에 있었다. 버클리 대학교에 있을 무렵에 미국에서 학생운동이 일어났다. 4·19혁명이 있고 나서 유럽에서도 학생운동이 많이 일어났다. 버클리 대학교에서 한국으로 귀국한 후 2~3년은 서울여대에 있었다.

서울여대에서 사회학과가 신설되고 2년 후 김경동, 강신표, 한완상 선생들이 모두 서울여대에 시간강사로 있었다. 김경동 선생은 그때 전임강사였던 것 같다. 서울여대에 온 1~2회 학생들은 고황경 선생이 경기여고, 이화여고, 정신여고 등을 다니며 신설 학교로서 대학 교육과 여성 교육의 이념을 불러일으키는 강연을 듣고 온 학생들로 똑똑한 이들이 많았다. 고 선생은 청년 농촌 운동에도 관심이 많아 신설된 여자대학에 이우재 씨와 함께 농촌과학과와 사회학과를 만들었는데, 그때 서울여대에는 학과가 몇 개 되지 않았다. 가정학과와 영문학과는 있었던 것같다. 나는 사회학과를 맡았고 교무과장도 맡았다.

나는 자유민주주의자로서 서울여대에서 교육에 있어서도 민주주의적인 교육을 염두에 두고 있었다. 고황경 선생은 일제강점기 일본에서 교육을 받아서인지 생활관 규율을 엄격하게 다스리며 교육시켜야 한다고 생각했다. 이런 면에서 나와 고 선생은 생각이 달랐다. 고 선생이 돌아가신 후 서울여대에서 고 선생의 전기를 만들겠다며 선생님과 관련된 모든 이들을 인터뷰한다고 진해에 내려왔다. 고 선생은 학생들을 엄격히 통제했다. 육군사관학교가 서울여대 옆에 있어 학생들은 자연히 서로 만나 결혼도 했다. 초기에 학생들은 생활관을 '여자 화랑대'라고 불렀다. 학생들은 생활관에서 집단생활을 했는데 외출 등의 문제가 생길 때마다 고 선생은 규율을 하나씩 만들어 더 엄하게 통제했다. 나는 자유주의자라서 사회학과의 젊은 교수들이나 서울여대에 기대하고 왔던 사람들과 호흡이 잘 맞았다. 사회학과 학생들이 학교에 비판을 많이 했는데, 이를 고 선생이 싫어하며 나를 의심했던 것 같다.

　김활란 선생이나 백낙준 선생은 모두 초기 기독교계에서 외국 유학을 갔다 온 개화 1세대다. 백낙준 선생은 연희대학교 총장으로 출세했고 김활란 선생도 이화여대 총장이었다. 그래서인지 고황경 선생도 서울여대를 어렵사리 만들었던 것 같다. 미국 장로교의 선교부가 서울여대를 만드는 데 많이 도움을 주었다. 건축비로 몇만 달러 정도를 지원했다. 장로교 한경직 목사라든지, 장로교 여전도회 이연옥 씨를 통해 돈을 구하려고 많이 애썼다. 종교계의 지원을 받아 겨우 학교를 세우고 재단을 마련하는 등 서울여대를 어렵게 만들었다. 이 과정에서 여성 교육과 민주주의를 위해 민주적인 대학을 만들자는 것이 나의 꿈이고 생각이었다. 이러다 보니 젊은 세대하고 나하고 가까워졌다. 고 선생이 하는 일을 추종하는 교수들도 일부 있었지만 그렇지 않은 학생이나 교수들도 많았다.

사회학에 대한 고민을 안고 버클리 대학교로

서울여대에 계속 있자니 학교는 학교대로 스산하고 학생들은 학생들대로 불만이 컸다. 이런 상황에서 내가 가족조사를 하고 발표해도 누가 관심을 갖지 않을 것이라는 생각이 들었다. 미국 사회학을 가르쳐도 학생들에게 스며드는 것도 없고, 한국 현실은 6·25전쟁에 이어 4·19혁명이 나고 5·16쿠데타가 터지는 상황이었다. 이런 상황에서 미국 사회학은 한국 사회에 맞지 않는다고 느꼈다. 이것이 나의 고민이었다. 재미도 없고, 고민은 되고, 학교도 그랬다. 중국이 공산화되고 동양 사회가 변화되기를 요구받는 상황에서 동양 사회의 변화에 대해 연구하는 교수가 없는지 살펴보니 캘리포니아 버클리 대학교에 있었다.

당시 아시아재단의 지원을 받아 버클리 대학교 사회학과 에버하드 (W. Eberhard) 교수가 한국의 농촌에서 상업이 시작되는 부분을 조사하겠다고 찾아왔다. 나와 김경동 선생이 그의 조사를 도왔다. 에버하드 교수는 독일인이었고 중국 사회를 연구하고 있었다. 버클리 대학교 아시아사회연구소에서 아시아 사회가 근대화 과정에서 어떻게 변화하고 있는지를 연구하고 있다기에 미국으로 갔다.

버클리 대학교에 가니 내가 컬럼비아 대학교에서 공부할 때 있었던 교수들이 다 그곳에 와 있었다. 스멜서(N. J. Smelser)는 하버드 대학교 파슨스의 제자로 박사학위를 받고 버클리 대학교로 왔고, 데이비스, 로젠버그, 가족학을 하는 구드가 버클리 대학교에 있었다. 라자스펠드는 오지 않은 것 같았다. 버클리 대학교로 온 교수들 중 컬럼비아 대학교와 하버드 대학교 출신들은 과학적인 실증주의 연구를 통해 사회시스템 속에서 사회행동, 사회현상, 인간행동 관계를 설명하는 과학적인 이론과 법칙을 세운다는 시대적인 사명감을 품고 있었다. 그때 컴퓨터가 나와 사회조사방법을 컴퓨터로 가르쳤다. 커다란 컴퓨터를 가지고 조사방법을 과학적으로 미세하게 분석했다. 하지만 나는 그런 것이 싫었다. 사회사 과목에서도 진화론을 가르치고 있었다. 나중에 알았는데, 교수회에서 좌익 교수들이 물러나고 교수들 사이에서 굉장한 논쟁이 있었다고 한다. 당시에 교수들 사이에서는 '출판하느냐 도태되느냐(Publish or Perish)', 열심히 연구해서 출판 업적을 내지 않으면 망한다는 분위기가 만연했다.

교수들은 열심히 연구하며 새로운 논문을 써내고 있었지만, 학생 지도는 소홀히 했다. 학생 수는 많아 대강당에서 잠깐 강의하고 조교들이 학생을 상대로 지도했다. 그런 분위기에서 내가 사회화 이론(Socialization

Theory)을 배워왔다. 사회화 이론은 재미있었다. 에버하드 교수의 중국 사회 강의를 듣는데, 중국의 현대사회가 아니라 고대 봉건사회의 동족 조직, 즉 우리로 치면 양반 신분 사회인 옛 농촌 사회를 미시적으로 강 의했다. 현대하고는 거리가 너무 멀었다. 어떻게 보면 중국도 우리 농 촌 사회와 비슷하기도 했다.

버클리 대학교에 있는 동안 동양사 도서관에서 아르바이트를 했다. 아르바이트를 하며 사회화(Socialization)에 대해 논문을 쓰고 학기말 리 포트(Term Paper)를 쓰려고 교수를 한 번 만나려고 하면 줄을 길게 서서 기다려야 했다. 교수와의 면담은 일주일에 한두 시간을 정해놓았고 그 때 면담 시간은 5분 내지 10분 정도였다. 마냥 기다리고 있다가 교수실 에 들어가면 금세 이야기가 나오지 않아 우물쭈물하다가 그만 나와버 리고는 했다. 미국 학생들도 마찬가지였다. 그러니 학생들의 불만이 많 았다. 미국에서 매카시선풍이 분 후 사회가 보수화되면서 대학도 보수 화되었다. 한국도 4·19혁명의 여파로 그런 분위기였는데, 버클리 대학 교에서 마리오 사비오(Mario Savio)라는 학생이 학생운동을 부르짖던 모 습이 인상에 남는다. 1960년대 학생운동은 바로 큰 대학, 큰 운동장, 버 클리 운동장에서 시작한 것이었다.

버클리 대학교에 갈 때는 동양 사회에 대해 공부도 할 겸 가능하면 여기서 박사과정을 하겠다고 생각했다. 그런데 가보니 구드가 『세계 혁 명과 가족 형태(World Revolution and Family Patterns)』(1963)를 냈다. 이 책은 후진국이나 제3세계의 도시가 근대화되면 핵가족화된다는 근대화 이론의 입장에서 쓴 것이다. 미국에서 이혼 붐이 한창일 때가 1960년대였다. 제2차 세계대전 이후에 특히 지식인 사회에서 그랬다. 버클리 대학교에서는 스멜서 교수의 부인이 자살했다. 교수인 남편들은 연구한다며 책에 파묻혀 가정 일을 돌보지 않았다. 교수 부인들은 혼자 집에 있다가 우울증이나 정신병에 걸려 이혼하거나 외도하는 상황이었다. 그때 남자들은 남자들대로 버클리 학생들 사이에 "교수들한테 애플 폴리시(Apple Policy)가 있다"라는 말이 돌았다. 교수한테 '애플 폴리시', 즉 아부하고 섹스해서 성적을 따고 조교 자리를 얻어 박사학위를 쉽게 받는다는 의미인데, 이런 말이 학교에 파다했다.

나도 사회학과의 '포어'라는 학자를 어느 기회에 한 번 만났는데, 유명한 교수였다. 내가 동양의 대학에서 학생들을 가르치다 왔다니까 은근히 관심을 보였다. 그리고 아주 노골적으로 접촉해 왔는데, 나는 '사회화' 경험으로 이런 관계를 허락하지 못한다며 딱 거절했다. 그때 그런 난장판도 없었다. 포어는 버클리 대학교에서 유명 인사였고 조금 진보적이었는데, 해고당하지는 않고 교양과목으로 사회사상을 가르쳤다. 그때 '폴리시'라는 말이 그렇게 통했다. 여학생들하고 남자 교수들과의 관계에 대한 소문이 많았다.

이스라엘의 국가 건설과 협동조합 조직화

버클리 대학교에서 한 2년 아르바이트하며 힘들게 공부하는 과정에서 이스라엘에서 온 학생들을 만나게 되었다. 박사과정을 하던 이스라엘 출신 남학생과 우연한 기회에 같이 대화했다. 이스라엘은 1948년에 독립했다며 키부츠(kibbutz)와 모샤브(moshav)에 대해 이야기했다.[6] 세계 각지를 돌아다닌 유태인들을 한 민족으로 동화시키는 정책과 조국을 새로 건설하는 이야기를 듣던 중에 내 눈이 번쩍 뜨였다. 나는 히브리 민족의 역사에 대해 알고 있었지만, 이스라엘이 독립을 했는지 어쩐지는 모르고 있었다. 2000년 전 『구약성경』에 나오는 이스라엘이 현대 국가로 독립해 새로운 사회를 건설하기 위한 조직 활동을 하고 있다는 말을 들으니 너무 황홀해졌다. 나중에 귀국하면 사회학은 재미도 없으니 '이스라엘에 한 번 가야겠다'고 생각했다.

국내로 돌아온 1965년 이스라엘 대사관인지 영사관인지를 찾아갔

---

6   모샤브는 이스라엘의 대표적인 집단 농업 형식의 공동체다. 모샤브는 '주택', '주거지' 등을 뜻하는 히브리어로, 농토는 각자 경작하지만 비싼 농기구나 크기가 큰 기계는 마을 전체가 공동 소유하는 형태를 갖고 있다. 이와 유사한 공동체인 키부츠는 사회주의 이념을 배경으로 사유재산을 인정하지 않고 재산을 주민 모두가 공유하며 남은 재산은 다시 키부츠에 투자하는 형식인데 반해 모샤브는 이를 보완해 사유재산을 인정하고 있다. 네이버 지식백과에서 '모샤브' 검색 (https://terms.naver.com/entry.naver?docId=813002&cid=43133&categoryId=43133).

다. 내가 누구라고 소개하니 너무 좋아했다. 그때 이스라엘은 나라를 세우고 세상의 시선을 한창 받던 중이었다. 히스타투르트(Histaturt)라는 우리의 한국노총과 같은 협동조합연맹에서 우리 농협과 한국노총 직원들을 해마다 몇 사람씩 초청해 이스라엘의 노동운동과 협동조합이 국가 건설을 위해 어떻게 협력하고 어떤 역할을 맡고 있는지 교육시키며 자기 나라를 선전하는 프로그램이 있었다. 시기는 5·16쿠데타 뒤였고 박정희 장군이 이스라엘에 관심을 가질 때였다. 나도 나중에 알았는데 한국군 장성들이 이스라엘을 왔다 갔다 했다고 한다. 이스라엘에 다녀온 군인들이 키부츠와 비슷한 것을 조직했지만 몇 해 못 가 모두 해체되었다고 했다. 그 전까지는 주로 남자들이 참여했는데, 대학교수인 내가 가보고 싶다고 하니 즉시 허락했던 것이다.

박정희 정권 때 농협중앙회 회장, 농촌 담당 비서실장, 한국노총에서 한두 사람 그리고 내가 이 프로그램으로 이스라엘을 방문했다. 그때가 1966년이었다. 한 3개월간 이스라엘을 샅샅이 살펴보니 여성들의 역할이 대단했다. 나중에 알고 보니 이스라엘에서 제공하는 유태인들의 모든 프로그램은 유태인민족기금(Jewish National Fund)의 지원을 받은 것이었다. 여성단체 사람들을 포함해 세계 각국의 사람들이 모이는데 농촌 키부츠나 모샤브를 통해 유태인들이 사회·문화·경제적으로 어떻게 통합되어 가는지를 보여주었다. 이것은 유태인 이민들을 한 민족으로 통합하는, 내가 보기에 너무 기발한 사회조직 이론이었다.

그들도 자본주의경제의 필요를 인정하는, 평등을 전제로 한 자본주의경제였다. 전체 경제의 3분의 1은 외국자본과 개인 자본에 따른 경제, 3분의 1은 노동자 경제, 3분의 1은 국가 경제로 구성한다. 재미있는 것이 공장과 기업을 실제 경영하는 노총이나 노동조합, 농촌 중심의 협동조합, 도시의 생산협동조합의 세 부분이 노동자 경제를 구성한다는 점이었다. 국가나 노총이 국가의 기간산업을 관장하며 외국자본이나 개인 자본에게는 주지 않는다. 개인 자본은 돈벌이가 안 되면 언제든지 떠난다. 농촌의 협동촌과 농업협동조합뿐만 아니라 도시의 중소기업들이 전부 협동조합 방식이고 버스 등과 같은 교통 관련 산업도 다 협동조합 방식이었다. 협동조합의 아이디어가 너무너무 희한해 한국으로 돌아와 강의도 하고 잡지에 열심히 글을 쓰기도 했다.

제3세계는 미국의 원조를 받아 도시를 중심으로 발전시킨 후 농업부분에 혜택을 주어 농촌도 서서히 잘살게 하는데, 이스라엘은 달랐다. 자기들이 타국에서 땅 없이 살았던 한이 있고, 이 땅을 자기들이 먼저 옥토로 만들어야 하므로, 농촌을 발전의 중심으로 삼았다. 도시는 농촌과 해외를 연결시키는 센터였으며 유통을 위한 사회조직이었다. 참으로 이상 사회였고 유토피아였다. '이것이 가능하구나'라는 생각이 들었다. 그때는 아랍과 미국의 관계를 몰랐다. 이스라엘 내의 이념과 이론, 이스라엘 민족의 선민의식을 가지고 이렇게 모든 것이 평등한 사회로 만들어 세계만방의 사람들이 와서 보고 배우도록 하는 것이 그들의 목적이라고 했다. 그곳의 여성들이 국가 발전을 위해 각 분야에서 조직을 만들고 나름대로 역할을 맡는 것을 보고 내 눈이 뜨인 것이었다. 한때 내가 협동조합 이론을 말하니까 이만갑 선생이 "그런 소리 하지 마라. 협동조합은 사회주의에서 하는 것이니 그런 소리 하지 마라"라고 했다.

서울여대를 떠나 다시 이화여대로

1965년에 서울여대로 돌아오니 학교 분위기가 좀 미묘했다. 버클리 대학교에서 돌아온 후 고황경 선생은 학교에 대한 나의 자유스러운 여성 교육관을 의심하는 것 같았다. 버클리 대학교에 가기 전에는 그렇게까지 생각하지 않았고 사회학에 대해서만 고민했다. 그런데 돌아와 보니 학교가 자리를 잡아가는 분위기에서 내 위치가 고 선생에게 어떻게 비치는지를 생각하게 되었다. 어떻게 보면 나도 젊은 기분에 "우리 사회를 민주화하기 위해 여성 교육이 어찌해야 한다", "대학도 민주화되어야 한다"라는 말들을 너무 직설적으로 과감하게 한 것이 고 선생의 오해를 부른 것 같다. 내가 어떤 개인적인 야심이 있어 그랬던 것은 아니었다. 이화여대를 떠날 때 문인이고 문리대학 학장이었던 이헌구 선생이 나를 불렀다. 그분이 고 선생을 잘 알았다. 이 선생이 "같이 일하기 어려울 텐데……"라고 하면서 가지 말라고 했다. 그래도 '난 뭐 젊으니까', 그때 나에겐 그런 말을 신경 쓰지 않는 용기가 있었던 것 같다.

버클리 대학교에서 돌아오고 보니 고황경 선생하고 도저히 관계를 회복할 수 없었다. 서울여대에 더 있을 수 없어 1967년에 사표를 냈다. 내겐 '이만큼 공부했으니 영어를 가르쳐도 먹고살 수 있겠지'라는 배짱이 있었다. '혼자 사는데 뭐 굶어 죽으랴'라는 배짱으로 사표를 내고 나왔다. 1967년 가을 학기는 내가 서울대에서 시간 강의를 했는지 모르겠다. 그때 돈암동에 살며 집에서 『가족과 사회』를 썼고 1968년에 출판되었다. 그 책을 쓰며 '서울대에서 혹시 나를 오라고 하려나'라는 생각도 했다. 그런데 뒷얘기로 서울대에서는 이해영 선생이 '가족'이라는 과목을 강의하고 있었다. 그 선생이 고루해 여자들이 도저히 서울대에 오지 않으니까 최문환 총장이 나에게 여학생을 위한 일종의 여학생처라는 자리를 만들어 오라고 했는데, 나는 교수 자리가 아니면 안 가겠다고 거절했다. 그때는 서울대에 여학생처가 없었다.

그때는 '이화여대를 배척하고 떠난 나를 누가 받아줄까'라고 생각해 이화여대에서 다시 부르리라고는 기대하지 못했다. 마침 노창섭 선생이 필리핀 대학교의 초청을 받았는데, 우선 필리핀 대학교로 간 뒤에 미국으로 이민을 갈 계획이었던 것 같다. 노 선생이 필리핀 대학교에 초청받아 가니 나에게 "이화여대로 와주었으면 좋겠다"라고 했다. 당시 김옥길 선생이 총장으로 있었다. 나는 이화여대에 충성파가 아니었는데 김 총장이 통이 큰 분이었다. 사회학과에는 최신덕 선생, 김대환 선생이 있었다. 노 선생이 떠나며 나에게 다시 오라고 했다.

빈민가족 연구 연구와 김진홍 목사

1968년 신학기에 이화여대로 가면서 '우리가 여자 교육을 어떻게 해야 하느냐? 이화여대 학생들이 졸업하고 나면 모두 주부들인데 주부들이 뭘 하나?' 이런 것이 나의 관심이 되어 중류층의 주부를 대상으로 주부 교육을 위한 조사를 시작했다. 1970년도쯤에는 서울의 빈민 철거 문제와 빈민가족 연구도 했다. 1972년에는 "도시의 빈민가족: 한국의 가족"이라는 글을 ≪월간중앙≫에 게재했다.[7] 1968~1969년에 연세대에 도시문제연구소가 있었다. 당시 노정현 씨가 미국에서 행정학을 공부하고 돌아와 연세대 도시문제연구소에서 연구원으로 있었다. 그리고 같은 학교에 '미스터 레이'인가 하는 선교사가 있었는데, 예수교 장로교에서 기독교 운동을 했던 분이었고, 박형규 목사가 관계한 '수도권 특수지역 선교위원회'를 만들었던 분이었다. 그분은 청계천 지역의 조사와 조직화에 관심이 있어 지역공동체 운동도 했다. 그분이 이런 일을 나도 함께 했다는데, 기억은 잘 나지 않고 자료를 보니 내가 빈민 조사를 한 것으로 나온다.

내가 청계천에 방을 하나 마련하고 현영학 선생, 나, 김동환 목사, 권호경 목사, 그리고 다른 한 분과 함께 빈민 문제를 연구했다. 나는 그때

---

7   이효재, "도시의 빈민가족: 한국의 가족", ≪월간중앙≫, 1972년 2월호(제47호), 175~177쪽.

가족계획에 관심을 가졌다. 서울여대에 있을 때 ≪사상계≫에 논문을 하나 게재했는데, 제목이 「한국 사회와 인구문제」로 사회학적으로 쓴 것이었다. 고황경 선생이 가족계획과 모자보건 분야에 관심이 있어서 였다. 사실 고 선생은 소비자 협동조합에 관심이 있어 대학 내에 소비조합을 처음 만들었다. 송보경 선생이 서울여대 학생일 때였다. 송 선생은 협동교육원에서 일하며 이스라엘도 갔다 오고, 필리핀 대학교에서 박사학위를 받고 돌아와 협동, 소비자 협동, 협동 교육 분야에서 일하게 되었다.

이제 그때를 생각하니 나는 빈민 현실을 계급론적으로 인식하기보다는 협동조합이나 민주적인 방법으로 해결하려는 입장이었다. 이 입장에는 '우리 인구가 과잉 상태다'는 문제가 내포되어 있다. 고황경 선생이 1958~1959년 서울여대로 가기 전에 종로 태화관(泰和館)에는 감리교에서 운영하는 모자보건소가 있었다. 그곳에서 고 선생은 미국에서 관찰한 모자 관계와 가족계획에 관한 것을 가르쳤다. 그때는 이승만 정권 시절이었는데, 이승만 정권은 인구 조절인 산아제한에 반대했다. 아이를 많이 낳아 북진 통일을 하는 것이 이승만 정권의 통일 정책이었다. 그래서 가족계획이 제대로 실행되지 않았다. 세브란스의과대학에 가족계획을 전공한 권 모 교수가 있었는데, 그분도 어떻게 감히 이것을 말하지 못했다. 그런데 고 선생하고 몇 분이 가족계획을 논의한 적은 있었다.

박정희 정권이 들어서자 미국 국제개발처(Agency for International Development, AID)에서 우리의 경제정책을 평가하며 인구 조절이 필요하다고 했다. 그래서 박정희 정권 때 가족계획이 공론화되었다. 1961년 가족계획협회가 창립되면서 나도 사회학적으로 이 문제에 관심[8]을 갖게 되었다. 이스라엘에 갔다 와 빈민 선교에 참여하며 빈민들에게 가족계획이 필요하다고 했는데, 누구인지 기억나지 않지만 반대하는 사람이 있었다. 내 입장은 맬서스(T. R. Malthus)의 이론이었다. 마르크스적 입장에서는 계급 문제로 보니 내 제안에 반대했지만, 박형규 목사가 가족계획 문제도 우리가 고려해야 한다고 했다. 결국 "가난한 처지에 자식들을 많이 낳는 것은 그 나름대로 문제가 된다"라고 박 목사가 중간에서 조정했다.

　한양대학교 뒤의 청계천에 빈민들이 사는 곳이 철거되는 일이 있었다. 빈민들이 한꺼번에 경기도 성남시로 쫓겨나기 전이었다. 한양대 뒤쪽 지역이 철거되자 그곳에서 김진홍 목사가 활빈교회를 했고 서울대 정치학과를 다니다가 퇴학당한 제정구 씨도 거기에 와 있었다. 활빈교회에서 유치원도 했다.

　1970년대 초 박숙자[9] 클래스인데, 도시빈민선교회가 발전하면서

8　이런 학문적 관심으로 작성한 논문이 이효재, 「한국의 인구번식에 대한 사회학적 고찰: 인간생활의 문화·사회학적 현실을 중심으로」, ≪이화≫, 제15·16합병호(1961), 32~44쪽.

인천도시산업선교회가 발전했고 활빈교회를 돕기 시작했다. 박숙자가 그때부터 봉사하기를 좋아해 이화여대 유아교육학과 학생들이 그룹을 지어 유치원을 운영했다. 하지만 한두 해 뒤에 철거당했던 것 같다. 그때 내가 김진홍 목사를 알게 되었다. 철거 후 김 목사가 아산만 쪽으로 가 아이들을 정착시켰는데, 그 과정에서 김 목사는 키부츠나 모샤브에 대한 아이디어를 가지고 있었다. 그래서 김 목사를 여러 번 만나게 되었고, 아산만까지 학생들을 데리고 수학여행도 가고 그냥 여행도 가고 그랬다.

조화순 목사와 여성노동자 문제

내가 인천도시산업선교회와 구체적으로 무슨 일을 많이 했던 기억은 없다. 단지 내가 얻은 게 있다면 조화순 목사를 만난 것이었다. 이분은 인천 동일방직에 들어가 일하면서 여성노조 지부장을 선출하고자 많이 노력했다. 그 전까지는 소수의 남자들만 지부장을 하며 경영진과 결탁해 여성노동자를 억누르고 착취하는 상황이었다. 조 목사가 노동자로서 같이 노동하며 이들을 서서히 의식화해 동일방직에 여성노조 지

---

9   이이효재 선생님의 제자로 1970년 이화여대 사회학과에 입학했다. 경기도 가족여성연구원 (현 경기도여성가족재단) 제5대 원장을 지냈다(엮은이 주).

부장을 처음으로 당선시켰다. 그때가 1972년이다. 동일방직에 들어가 노동하는 조화순 목사의 이야기를 들으며 노동 문제, 여성노동 문제에 관심을 갖기 시작했다.

1968년 이화여대로 돌아가 여성단체 연구를 시작했다. 여성단체에 관심을 갖고 연구하고 싶었는데, 마침 어떤 기회에 신문방송학과 정충량 선생이 여성운동사와 개화기 여성사 쪽에 관심이 있다고 했다. 정 선생이 내게 와서 "내가 개화기 여성사를 연구하고, 당신은 여성단체를 조사·연구하자"라고 해서 연구비를 받아 조사하기로 합의했다.[10] 이 연구는 이스라엘에서 본 것을 두고 여성단체가 무엇을 할 수 있을지 고민하는 데서 시작되었다. 당시 김활란 선생이 여학사협회, 주부클럽(현 한국여성소비자연합) 등 여러 여성단체에 관여했다. 김활란 선생이 국제적으로 인맥이 넓고 국제회의에 갔다 와 여성단체들을 유엔으로 연결시키더니 느닷없이 한국여성단체협의회를 만들어 여러 단체를 참여시켰다. 여성단체를 연구하니 여러 문제가 보여 새로운 제안도 하고 비판도 했다. 당시 여성단체들은 친목 단체였고 정부에 봉사하는 단체였다. 재정적으로 여유가 있는 사람이 회장을 맡아 완전히 자기 사재를 털어 운영하니까 사조직처럼 변질되었다. 그러니 여성 문제나 사회문제를 제

---

10 정충량·이효재, 「여성단체활동에 관한 연구」, ≪한국문화연구원 논총≫, 제14집(이화여자
    대학교, 1969.9), 117~222쪽.

대로 대변하지 못했다. 이런 실정을 내 논문에서 비판했다. 이 논문은
≪한국문화연구원 논총≫에 발표되었다.

교외 강연과 여성자원개발연구소 창설

본격적으로 가부장제를 연구하기 전에 1960~1970년대 이화여대에
있을 때 주부, 주부 생활 조사, 가정에 대한 조사와 더불어 여성, 대학 출
신 여성들의 직업, 취업 의식 등의 여러 부분을 조사했다.[11] 지금 생각
하니 내가 언제 그런 조사를 했나 싶다. 농촌 새마을운동은 1970년대에
들어와 시작했고, 국가와 경제 발전 그리고 경제성장을 부르짖기 시작
하면서, 여성의 역할에 관심을 갖고 이스라엘에 대한 글을 써 잡지나 신
문에 투고했다. 1968년인가 1969년에 한국여성단체협의회가 가을 대
회를 하면서 나에게 주제 강연을 부탁했다. 강연 제목은 "국가 발전과
여성의 역할"이었다. 그때는 직업에서의 노동 문제가 아니라 주부 중심
의, 특히 교육받은 여성들의 사회참여와 민주 사회를 위한 여성들의 사
회 역할과 사회참여에 초점을 두어 강연한 것 같다. 그때 크리스찬아카

---

11 정충량·이효재, 「도시주부생활에 관한 실태조사: 중류가정을 중심으로」, ≪한국문화연구
    원 논총≫, 제16집(이화여자대학교, 1970.7), 233~285쪽; 이효재·조현, 「여성경제활동 및
    취업에 관한 연구: 1960~1970의 추이」, ≪한국문화연구원 논총≫, 제27집(이화여자대학교,
    1976.2), 267~293쪽.

데미에서도 대화 모임을 했는데, 가족 문제에 관한 모임이 많았다. 내가 아카데미 회의에서 이야기하면 모두 새로운 내용이라 신문에도 많이 났다. 그래서 내가 바빠지기 시작했다.

그때 이화여대 사회학과 교수진은 나를 포함해 네 사람뿐이었다. 서울여대 시간강사였던 이동원 선생은 내가 이화여대에 오니 전임강사가 되길 원했다. 이해영 선생이 나서 교무처장인 박준희 교수와 나한테 이동원 선생의 전임강사 얘기를 했다. 젊은 사람을 하나 더 써야 할 시기이기도 해서 내가 김옥길 총장한테 제안했다. 이만저만해서 여성 문제를 더 연구해야 하고 조사도 해야 하니 사회학과에 교수가 더 필요하다고 했다. 내가 그때만 해도 바쁘게 강연을 다니고 연구도 해야 하니 이런 요구를 하는 것을 김 총장도 이해한다면서 여성자원개발연구소를 시작하는 것을 전제로 이동원 선생을 사회학과 전임 교수로 뽑았다. 내가 이화여대 진골도 아니고 비판적인 입장을 갖고 있으니 여성자원개발연구소는 문리대학 부설로 만들어졌다. 연구소장은 당시 문리대학 학장인 김갑순 선생이었다. 그분을 소장으로 만들어놓고 일은 내가 다했다.

그렇게 1970년에 이화여대에서 여성자원개발연구소를 시작했다. 첫 프로젝트는 '지역사회 발전(Community Development)을 위한 여성의 역할'이었다. 이스라엘을 시찰할 때 보니 이스라엘 여성들에게 지역사회를 위한 조직 활동의 아이디어가 많다는 것을 알게 되었다. 그때만 해도 나는 근대화 이론의 입장에서 지역사회 발전을 파악했다. 이것은 미

화곡동 주부회에서

국의 입장에서 보면 제3세계 발전에 대한 것이었다. '이화여대 학생들이 졸업 후 주부와 엄마 노릇을 하면서 지역사회를 위해 어떤 역할을 해야 하느냐'라는 관점에서 프로젝트를 진행했다. 서울 화곡동에 이화여대 졸업생 주부들이 꽤 많이 살고 있었다. 신축 문화주택으로 중산층 주택에 모여 살았기 때문에 그곳으로 정해 김주숙 선생이 연구원으로 이 프로젝트를 맡아 같이 했다.

이 무렵 YWCA에서 소비자 협동조합 운동을 시작하면서 지역사회 발전을 여성 생활과 관련해 연구했다. 소비자 문제하고 자녀 양육 문제에 대한 것이었다. 이런 측면에서 '주부들의 문제를 조사해 그 지역의 문제를 파악하고 여성들을 조직해 그들의 공동 문제를 어떻게 해결할 수 있느냐'라는 내용을 담은 조그만 책자를 썼다. 이것이 「여성은 지역사회의 주인이다: 지역사회 발전과 여성의 역할」이라는 교육 자료다.[12] 그리고 내 동생 이은화가 유아원과 협동 유아원에 대한 아이디어를 제시한 작은 책자를 쓰고, 소비자 협동조합의 전 단계로 공동 구매를 소개하는 책자를 김주숙 선생이 썼다. 이런 자료를 가지고 화곡동 주민들이 참여하는 소모임을 조직해 교육하고 실천하던 중에 유신 정권이 들어서고 민간단체를 억압하는 분위기가 조성되면서 중단되고 말았다. 사실 여성자원개발연구소 시절 우리가 한 것은 자연환경 교육 프로젝트였다. 이 프로젝트는 한국에서 처음 시작한 것이었다. 내 파일 자료를 보니 그런 자료들이 모두 있었다.

여성 지도자 김활란과 이태영

여성 지도자들 가운데 사회의식이나 사회사상을 지닌 분들은 사회주의나 좌익 계열 쪽에 많았다. 기독교 계열 여성 지도자 중에는 좌익 계열의 사회사상을 가진 사람은 없었다. 기독교 여성들은 단순한 기독교 신앙으로, 하나님을 열심히 믿고 우리나라가 기독교 국가가 됨으로써 하나님의 축복으로 모두 잘살게 될 수 있다고 믿고 죄 안 짓고 건강하게 살면 된다고 여겼다. 이런 생각 때문에 그들에게는 구체적인 사회 개혁의 아이디어가 없었다. 교회 내 조직 외에 지역사회를 위한 조직도 어디

---

12 이효재, 「여성은 지역사회의 주인이다: 지역사회 발전과 여성의 역할」(이화여자대학교 문리대학 여성자원개발연구소, 1973).

까지나 복음을 전도하기 위한 것만 있다.

『교회 100년사』를 낼 때 나는 '기독교 여성 100년사' 주제를 맡아 논문을 썼다. 이를 위해 김활란 선생하고 인터뷰를 한 적이 있었다. 김 선생은 지식인으로 일찍 개화하고 참교육자로서 여성 교육에 관심을 갖고 일생을 바친 분인데도 "내가 진작 내 뜻대로 살았다면, 나는 교회 전도사, 복음을 전파하는 전도사가 되었을 것이다"라고 했다. 김 선생은 이화여전에 재학 중일 때도 전도회라는 조직을 만들어 농촌에서 복음을 전파했다고 했다. 1960년대 5·16쿠데타가 난 후 김 선생의 활동을 보니, 쿠데타 직후에 박정희가 아직 장군일 때 교회에서 진보적인 에큐메니컬(Ecumenical) 운동에 반대하는 입장에 서서 교회 부흥과 통합, 교회 쇄신 운동을 부르짖는 활동을 했다. 그리고 100인 기도운동을 주장했는데, 이는 100명의 기도하는 분들을 모으는 기도를 함으로써 교회를 쇄신시키는 운동이었다. 그리고 다락방운동을 위해 다락방전도협회를 만들었다. 해방 이후에 사회적으로 친일로 몰리기도 하고 정치적으로도 그런 기운이 돌 때마다 김 선생은 신앙 운동과 종교운동을 굉장히 열심히 했다. 그리고 기회가 되었다면 오히려 전도 운동을 하고 싶었다고 했다. 이처럼 김 선생은 기독교회를 위한 운동을 하고 싶었다는 말씀을 했다.

내가 이태영 선생하고 알게 되고 1970년대 여성단체나 여성 지도자들과 접촉하며 느낀 것이 있다. 이 선생이 법학을 전공했기 때문에 여성 문제라고 할까, 여성의 법적 지위 문제, 여성 문제의 사회적 측면에서 인권 사상에 대한 문제의식이 유일하다는 것이다. 이 선생은 법률 상담을 통해 전반적인 여성 문제에 접근했다. 하지만 사회조직, 사회참여, 여성의 역할, 사회적 역할 분야에서는 아이디어가 없었다. 이 선생도 나를 참 좋아해 가끔 내 방에 찾아왔다. '가족법' 개정으로 만난 YWCA 쪽의 김활란 선생 등은 가부장적 '가족법'에 대한 문제의식이 별로 없었다. 그냥 이태영 선생이 하는 일을 지지하는 쪽이었다.

근우회(槿友會)[13]가 기독교 쪽하고 민족주의 진영 쪽하고 다 연합해 만든 단체임에도 불구하고 YWCA에는 그런 전통이 남아 있지 않았다. 이것은 당연하다고 본다. 결국 교회, 특히 예수교 장로회의 여전도회에게 제일 중요한 것은 복음 전도이며, 복음을 땅끝까지 전해 농촌에 교회를 세우고, 해외 선교사를 보내 복음을 전하는 일이기 때문이다. 기독교 장로교회 쪽 여성운동들은 모두 1970~1980년대 민주화운동 과정에서 그런 사상이 생긴 것이며 1960년대만 해도 그런 사상은 없었다.

---

13 근우회는 일제강점기 중반에 조직된 여성단체다. 1927년 한국의 좌우익 여성운동가들이 이념을 초월해 설립한 전국적 규모의 대중 조직이다. 김활란, 고황경, 박차정, 정칠성, 박순천 등이 주요 인물로, 단체 목표는 '조선 여성의 지위 향상을 도모한다'는 것이었다. 위키백과에서 '근우회' 검색(https://ko.wikipedia.org/wiki/근우회).

여성 지식인들의 레드 콤플렉스

식민지 여성으로 좌익 계열의 사회의식이나 사상을 지닌 여성들은 모두 북으로 갔고, 그런 의식을 공유할 사람들이 분단 탓에 양쪽으로 완전히 갈라졌다. 내가 협동조합에 대해 이야기만 하면, 주위 몇몇 분들이 사회주의니까 말하지 말라고 해 놀랐다. 성신여자대학 학장을 하던 이숙종 선생하고 친했는데, 이 선생은 신세대 여성으로 당시 대한가정학회 회장이었다. 이 선생이 학회에 와 기조 강연을 해달라고 해서 수락했다. 그때 나는 가정학이라고 하면 의복, 식품, 주거, 의식주 등을 다루는 것으로 알고 있었다. 그래서 가정학회니까 "각각의 가정주부로서의 생활은 미래 교육뿐만 아니라 결국 의식주 문제를 통해 여성이 지역사회와 국가 사회의 전역에서 산업과 사회에 참여해 당면한 문제들을 해결하는 것이다"라고 강연했다. 내가 여성 참여와 사회의 역할에 대해 강의했는데, 강연 후 이 선생이 "선생님, 그런 것은 사회주의에서나 하는 소리입니다"라는 식으로 내게 질문했다. 이런 질문에 또 한 번 크게 놀랐다. 우리 사회가 6·25전쟁에 따라 인적자원이 남북으로 갈라진 상태에서 여성들에게 의식화 교육을 시키지 않으니 정신(mentality) 상태, 문화 상태가 이렇게 되어 1970년까지 온 것이었다. 여성학 강의가 1970년대 생기고, '가족법' 개정 운동, 민주화운동, 노동자 운동 등이 뒤이어 생기고 나서 1980년대가 되었다.

사회 민주화와 교수 인식

나는 1960년 4·19혁명이나 1961년 5·16쿠데타가 일어난 우리 현실에 대해 안타깝게 생각했다. 대학에 있는 사람으로서 그야말로 이것은 정치 현실이었다. '교육 과제로 학생들이 이런 정치 현실을 어떻게 받아들이는지, 이런 현실을 학생들에게 의식시키고 교육시키고 어떻게 실천해야 하나'라는 실천 문제에 대해 이화여대 교수들은 담쌓고 살았던 게 아닌가 한다. 언젠가 지은희는 "1960년 4·19혁명, 1961년 5·16쿠데타가 있었는데, 이화여대가 그 당시 전혀 안 움직였지만 이에 대해 반성하는 흐름도 없었지요. 이유가 당시 이화여대에 이기붕의 부인(박마리아)[14] 등 보수적인 여성 인사들이 있어 학교에 친여(親與)적인 분위기가 만연했다고 들었는데, 교수들은 이런 흐름에 문제의식을 가졌나요?" 라고 나한테 물은 적이 있었다.

당시 다른 대학에서는 교수들이 데모한다고 학교 밖으로 나갔지만, 이화여대 교수 중에는 문리대학 학장인 이헌구 선생이 유일하게 4·19 교수 서명에 참여했다. 그이는 문인 출신이었다. 내가 이남덕 선생하고 가깝게 지냈는데, 이남덕 선생만 해도 상당히 머리가 트인 분이었고 비판

---

14 박마리아는 이화여자전문학교 출신으로, 이화여대 문리과대학 학장, 부총장, 동문회장을 지냈다. 이기붕의 부인으로 4·19혁명 때 사망했다(엮은이 주).

적인 안목도 있었다. 비판적인 안목이 있었지만 우리가 어떻게 실천해야 하는지에 대해서는 나도 몰랐고 모두가 인식하지 못했다. 4·19혁명 때 학생들이 길거리에 나가 시위하고 서대문에 있던 박마리아 선생 집이 불타고 할 때도 그냥 거리에서 불안하고 초조하게 구경만 했다. 교수들이 어떻게 조직해서 항거할지에 대한 생각은 하지 않았다.

이러한 후유증으로 학교 안에서도 문제가 생겼다. 일부 교수들이 대학도 민주화되어야 한다며 학교를 비판하기 시작했는데 이들은 서울대 출신들이었다. 교양학부 소속으로 교양학과 인문학 계열 강의를 맡던 몇몇 교수들이 소리를 내기 시작했다. 그래서 교내에 반골 교수들이 드러났다. 하지만 그 후로 이 교수들은 학교에 남을 수가 없어 떠나버렸다. 나는 사회학과였는데, 이남덕 선생하고 이혜숙 선생이 각각 국문학과와 영문학과에 소속되기 전에 교양학부에 있어 교양학부 쪽 분위기를 전해들을 수 있었다. 한두 해 사이에 학교에 남을 수 없어 떠난 분들도 있고 이화여전 출신이지만 교양학부 소속 교수들 중 일부는 교양학부가 없어져 상당히 불안해했다.

이화여대 새얼의 지도 교수로

1971년에 이화여대 학생들인 최영희, 이미경, 장하진, 이옥경, 신혜수, 박미호, 김은혜, 서혜란, 강명순 등이 '새얼'이라는 서클을 만들었다.

사회문제에 무관심한 학교 풍토에서 비판적인 의식을 가지고 만든 학생 서클이었다. 당시 학생 서클을 학교에 등록하려면 지도 교수가 있어야 했다. 그들이 나와 국문학과 이남덕 교수에게 지도 교수가 되어주기를 청했다. 그때는 교수들이 그런 조직의 지도 교수가 되기를 꺼렸고 학교에서도 싫어했다. 나는 기쁜 마음으로 지도 교수가 되었다.

1970년 전태일 열사 분신을 계기로 서울대 학생들의 노학(勞學) 연대가 만들어졌다. 유신 독재에 반대하는 학생과 노동자들의 연대가 활발해지고 이화여대의 학생 서클들도 점차 교내 문제에서 정치·사회 문제로 활동을 넓혔다. 내가 기억하기로 노학 연대는 1970년 전태일 열사 분신이 계기였다. 1970년대 이화여대 교수 사회에서 학생운동을 숨겨주고 돈을 지원해 주는 분은 없었다. 현영학 선생은 그런 얘기가 가능했던 분이지만, 그때 현 선생은 학무처장이나 대학처장 등 학교 행정을 맡았다. 기독자교수협의회에서 사회문제에 대한 관심으로 모임을 열면, 김숙희 선생의 오빠 김용준 선생이 참여해 유신에 대해 비판 의식을 갖고 이야기했다. 하지만 학교 내의 전반적인 분위기는 그런 이야기가 오갈 상황이 아니었다. 사회학과에서는 김대환 교수가 새마을운동을 지지하는 입장이다 보니 나랑 김대환 교수가 자주 부딪쳤다.

그래서 당시 나는 학생운동을 개인적으로 도왔다. 김은혜, 최영희, 이미경, 이옥경 등을 개인적으로 만나 지원했다. 이들은 우리 집에 와서 잠깐씩 피신해 있기도 했다. 김은혜, 최영희도 우리 집에 있다가 다

이화여대 서클 새얼 친구들과 함께
(1990년 11월 17일)

른 데로 가고 그랬다. 그런 정도의 지원이었다. 서대문구 봉원동 집에
살 때는 노래하는 김민기가 찾아와 돈 2만 원을 줄 수 있느냐고 했다. 그
때 김민기는 공장노동자들을 위한 운동을 하고 있었다. 「공장의 불빛」
(1978)이라는 노래 테이프를 만드는 데 돈이 필요하다고 했다. 그때 이
화여대 월급이 형편없었지만 2만 원을 만들어주었고, 이 일로 노래 테
이프를 받은 적이 있다. 그 후 김민기가 유명해졌다. 학생들이 쫓겨 다
니는데 어디를 가도 교수들이 받아주지 않으니 여성자원개발연구소나
봉원동 내 집으로 왔다. 금전적인 지원도 했고 집에 머무르게도 했다.
김은혜와 그 밖에 다른 이들도 내가 자기네들을 도와주었다고 하는데
기억이 나질 않는다. 그리고 현영학 선생한테도 많이 갔던 것으로 알고
있다.

이소선 여사와 여성노동 연구

내가 인천도시산업선교회 조화순 목사를 만나 여성노동 문제에 관심을 갖게 되어 윤정옥 선생하고 이소선 여사(전태일 열사의 어머니)를 찾아갔던 기억이 난다. 1970년대 전태일 열사 분신 사건이 나고 이 여사가 청계천에 열몇 살짜리 아이들과 함께 경찰에 끌려다니고 법정에 불려 다니고 했다. 그때 내가 법정에서 재판을 참관하며 이 여사를 만났다. 이 여사는 어린아이들을 혼자 데리고 다니며 학대도 받았다. 나는 그때의 이 여사를 도저히 잊지 못한다. 아들 전태일 열사가 죽은 뒤에 많은 유혹이 있었을 텐데 뿌리치고 사신 것이다. 교회 여성 모임이나 목요 기도회 모임에서 이 여사가 하시는 한마디 말씀이 내 가슴을 울렸다. 어떻게 보면 나는 조화순 목사를 만나 여성노동 문제를 알게 되었고, 이소선 여사와 접촉하며 그 시절 노동자계급의 문제와 노동운동이 어렵게 태동하는 과정을 경험하게 되었다. 졸업 후 최영희는 조화순 목사가 하는 인천도시산업선교회에서 활동가로 일했다. 동일방직에 여성노조 지부장이 탄생할 때 최영희와 조화순 목사가 크게 활약했다는 것을 알고 있다. 동일방직에 여성노조 지부장이 탄생해 기뻐하는 등 노동 문제에 관심은 가졌지만 그럼에도 노동자 현실에 대해 직접 들어가 조사할 엄두는 못 냈다.

1973년 내가 이화여대 ≪한국문화연구원 논총≫에 「일제하 여성노동자 취업실태와 노동운동에 관한 연구」를 썼다. 당시 학부 4학년이던 장하진과 둘이 작업하며 관련된 신문 자료를 모아 간략하게 작성했다. 그다음에 최옥자 씨가 우리 연구소에 와서 나하고 일했다. 최 씨는 일제 강점기 자료를 속속들이 잘 수집했다. 나중에 알고 보니 '일제강점기 친일 언론사'를 쓸 목적으로 자료를 치밀하게 모았다고 한다. 최 씨가 수집한 자료로 초고를 썼고,[15] 나중에 보완해 새로 「일제하의 한국여성노동문제연구」를 썼다. 나는 노동 현장의 현실을 어떻게 조사해야 하는지 잘 모르니까 과거에 우리 노동운동이 어떠했는지를 살펴본 것이다. 내가 이 분야에 완전히 문외한이었기 때문에 자료를 보며 굉장히 충격받았고 많은 것을 배우게 되었다.

1976년 「일제하의 한국여성노동문제연구」를 학보에 실었더니, 서울대 신용하 교수가 독립운동사를 연구하는 입장에서 내가 그런 논문을 쓰니 좋다고 인사를 했다. 신 교수의 칭찬은 여성 문제의 관점이 아니라 민족문제의 관점에서 좋다고 한 것이었다. 그때 그 논문하고 여성의 사회의식, 여성의 사회 역할에 대한 논문 몇 개를 모아 『여성과 사회』라는 소문고판으로 1979년 정우사에서 출판했다. 그 무렵은 콘트롤데이타의 노동조합 건설 투쟁이 터진 뒤지만, 여성노동 문제가 각 기업으로 번져나갈 때는 아니었다. 그때 여성노동자들이 노동운동을 하면서

---

15 이때 최옥자 씨는 '최민지'라는 필명으로 글을 썼다(엮은이 주).

「일제하의 한국여성노동문제연구」를 읽었던 것 같다. 일제강점기 선배 노동자들이 자신들과 비슷하게 노동 탄압을 당한 것을 알고 많이 의식화되었다는 반응을 내가 많이 받았다. 그런데 대학생들은 내 논문을 읽지 않았고 반응도 없었다. 서울에서 운동하는 몇몇 학생들만 반응을 보였다.

노동운동하는 여성노동자 이영순 씨가 콘트롤데이타 노조 지부장을 할 때, 내가 어떻게 해서 프로젝트 연구비를 받았다. 미국에서 학위를 받고 온 이온죽 선생하고 콘트롤데이타를 조사했다. 여성자원개발연구소 시절에 지은희도 콘트롤데이타와 원풍모방 조사를 같이 했다. 감히 용기를 얻어 그 조사를 했다. 그때가 조화순 목사가 동일방직 노조 투쟁으로 경찰에게 학대당할 때였다. 동일방직 똥물 사건[16]이 1978년의 일이다. 그래서 내가 그 무렵 윤정옥 선생, 김흥호 목사, 정세화 선생한테 동일방직 노동자들의 사정을 이야기했다. 정세화 선생은 나한테 상당히 호감이 있었다. 정 선생하고는 1975년 멕시코 세계여성대회[17]에 같이 갔다 온 적이 있다. 내가 정 선생하고 친한 사이였고 김흥호 목

---

16 1978년 인천 동일방직에서 일어난 여성 노동자 탄압 사건이다. 여성 노동자가 중심이 된 노조 집회에 회사와 어용 노조 관계자들이 난입해 똥물을 투척하고 폭행하며 방해했다. 유신 정권 말기의 대표적인 노동운동 탄압 사건이다(엮은이 주).

17 1972년 유엔총회에서 유엔 여성지위위원회의 업적을 인정해 1975년을 세계 여성의 해로 제정했다. 그리고 같은 해 멕시코 멕시코시티에서 세계여성대회가 개최되었다(엮은이 주).

사, 윤정옥 선생 등에게도 동일방직 노조를 돕기 위해 매달 얼마씩 돈을 거두어 조화순 목사에게 전했다. 나중에 '우리의 교육지표' 사건 때문에 안기부에 끌려가니 안기부 사람들이 나의 영수증 등 내가 동일방직에 돈을 전달한 물증을 전부 가지고 있었다. 나는 그것을 몰래 한 줄 알았는데…….

반골 이효재와 여성자원개발연구소 폐쇄

1975년 멕시코 세계여성대회를 갔다 와서 여성해방 이론의 관점이 바뀌지는 않았다. 여성운동이나 노동운동과 연관되어 조화순 목사나 이소선 여사와의 만남 그리고 전태일 열사 분신 사건을 통해 여성운동의 이론적 관점이 바뀐 것은 아니다. 1970년대에 와서 내가 바뀐 것은 노동 문제와 더불어 '가족법' 개정이 받아들여지지 않는 문제, 멕시코 세계여성대회에서 남북 여성이 대치한 문제, 분단과 우리 사회, 그야말로 분단국가라서 오는 여성의 노동 문제나 여성 문제, 가족 문제, 통일을 향한 우리 여성의 사회적 역할에 대한 것 등이다. 1970년대 말이 되면서 이런 생각들이 모아지게 되었다.

그 무렵 이화여대에서 나를 포함해 정세화 선생, 이남덕 선생, 현영학 선생이 함께 네 사람의 이름으로 여성학 개설을 연구하기 위해 대학 당국에 연구비를 청구했다. 내가 사회 활동을 많이 하니 학교에서는 '여성 문제에서 이화여대라고 하면 이효재다'는 말이 나오는 것을 꺼렸고 여성자원개발연구소도 좋게 보지 않았다. 나중에 알았지만 이태영 선생이 법과대학 학장으로 와서 1970년대 이화여대 여성연구소를 만들고 싶어 했다. 그런데 이 선생이 건의해도 총장이 허락하지 않았다. 내가 여성자원개발연구소를 하고 있으니까 이것을 여성연구소로 본격적으로 키우기를 바랐다. 그런데 이 선생은 자기 주도로 이화여대에 여성연구소를 시작하고 싶어 했다. 내가 이 선생한테 들으니 총장이 허락을 안 해주었다고 했다. 그러다가 1978년에 여성연구소를 만들며 갑자기 여성자원개발연구소를 닫게 했다. 그게 우리는 반골이고 믿지 못하겠으니까 사학과 김영정 선생을 내세워 여성연구소를 만들고자 이태영 선생의 제안을 허락하지 않았던 것 같다. 나는 이태영 선생 같은 분이 여성연구소를 하게 될 줄 알았다.

이화여대에서 여성연구소를 시작한다는 것은 한 역사를 창조하는 것인데 나 같은 반골이 그 일을 맡는 것을 그들이 원하지 않았던 것 같다. 내가 이화여대에서 여성자원개발연구소를 만들면서 1976년 김주숙 선생하고 『여성의 지위』를 냈다. 내가 이런 책을 쓴다고 하니 김옥길 총장이 신경이 쓰인 것 같았다. 『여성의 지위』의 출간을 학교 출판부에 부탁하는데 순순히 허락하지 않았다. 그때 출판부장이 정충량 선생이었다. 정 선생은 나보고 김 총장에게 출판 문제를 말해보라고 했다. 그래서 김 총장에 가서 책 출간을 허락받았다. 이화여대에서 나는 그런

인물이었다. 그때는 논문을 쓰고 발표하며 책을 쓰는 여자 교수가 별로 없었다. 그때『가족과 사회』도 썼다.『여성의 지위』를 쓰고 여성의 지위 향상을 위한 강연을 하러 다니는 것을 학교에서 싫어했던 것 같다.

그때 정의숙 선생이 박사학위를 받고 돌아왔다. 김활란 선생, 김옥길 선생이 정의숙 선생을 좋아했다. 아마 다음 후계자로 생각했던 것 같다.[18] 그리고 여성연구소가 새로 생기니 여성자원개발연구소를 하루 아침에 문 닫으라고 했다. 당시 여성자원개발연구소에 책과 자료가 많았다. 그런데 자료를 내놓으라는 요구는 없었다. 책에 관심이 없었던 것이다. 대학이라면 학문과 연구가 중심이 되어야 하고, 여성연구소라면 여성자원개발연구소가 보유했던 자료가 있어야 하고, 여성연구소를 새로 한다면 이런 자료를 넘겨받아 그다음 연구소로 키워가야 하는데 자료가 있는지 없는지는 아랑곳하지 않았다. 그리고 사학과 김영정 선생이 여성연구소 소장이 되었다. 김영정 선생은 역사학, 서양사를 한 사람이라 여성사 연구, 고대사 자료, 이조실록(조선왕조실록)과 같은 자료를 수집했다. 여성학이 대두되면서 이미경, 이옥경, 이경숙 등이 여성연구소 조교로 일했다.

여성자원개발연구소가 문을 닫게 되어 김주숙 선생하고 지은희가

---

18 정의숙 선생은 김활란(제7대, 1939~1961년 재임) 선생과 김옥길(제8대, 1961~1979년 재임)
    선생에 이어 이화여대 제9대 총장(1979~1990년 재임)을 지냈다(엮은이 주).

쫓겨났다. 여성자원개발연구소에 있던 자료들은 둘 데가 없어 그냥 흩어지고 사라져 지금은 내 파일 안의 것만 남아 있다. 1980년 초 내가 이화여대에서 해직되어 여성한국사회연구회를 조직해 내 책과 자료 모든 것을 마포에 있던 여성한국사회연구회에 보관했는데 이후 다 흩어지고 일부만 내가 지니고 있다.

이화여대에 여성학 개설

멕시코 세계여성대회를 다녀온 뒤에 이화여대에 여성학 과목을 개설하기로 마음을 먹었다. 먼저 이화여대에 여성학을 설치하기 위한 준비 연구라고 해서 조사비와 연구비를 신청하는데 단독으로는 안 될 것 같았다. 나는 이화여대 교육을 비판하는 입장이라 현영학 선생, 이남덕 선생, 정세화 선생과 함께 신청했다. 정세화 선생은 중·고등학교 성차별 교육 문제, 이남덕 선생은 우리 전통 여성 문제, 현영학 선생은 이름만 넣었다. 나는 이화여대에 개설된 여성 관련 교양 커리큘럼을 조사했다. 이화여대 졸업생 엄마들을 찾아가 조사하면서 '이화여대 교육에 대한 엄마들의 의식, 이들의 생활과 관련해 딸들의 미래에 대한 생각이 어떠한가'를 조사했다. 조사 결과는 여전히 보수적이었다.

당시 이화여대에서 개설된 소위 여성 관련 교과목은 김활란 선생과 학생처장이 담당하던 교양과목으로 '여성으로서 직장이나 가정에서 어떻게 처신해야 되는지, 어떻게 예의를 갖추어야 되는지'에 대한 것이었다. 나는 이런 것으로는 여성 교육이 안 된다고 지적했다. 그때 신문 일간지에 안인희 교수를 비롯한 이들이 "여자대학 교육이 왜 필요한가, 주부 노릇은 초등학교 교육만으로도 할 수 있다"라며 여자대학 무용론을, 다른 한편에서는 여자 교육의 필요성을 주장하는 분위기가 맞서고 있었다. 당시 쓴 논문은 내 나름으로 여성학과 관련해 새 교과과정을 제안하는 것이었다.

나중에 러시아 대사가 된 이인호 선생이 하버드 대학교에서 돌아와 서울대에 있었다. 그가 러시아 여성에 대해 이야기하는 것을 들을 기회가 있었다. 윤후정 선생, 정의숙 선생, 나, 몇 사람이 이인호 선생을 시내 어느 곳에 초청해 러시아 여성에 관한 강의를 한 번 들었다. 내가 멕시코에 갔다 온 후 현영학 선생, 서광선 선생, 윤순영 선생과 이화여대 여성연구소가 중심이 되어 농촌 여성에 관한 현장 조사를 했는데, 이에 대한 교육 책자를 이옥경이 썼다. 조형 선생이 이화여대에 오면서 한두 번 모임을 했는데, 나보고 멕시코 세계여성대회에 갔다 온 보고를 하라고 해서 보고 들은 대로 이야기를 했다. 그러는 중에 자연스럽게 여성학 준비위원회가 공식적으로 조직되었다.

나는 여성학 준비위원회에 참여해 여성학을 설치하기 위한 구체적인 교과안을 짰다. 교과안이 팀티칭이어서 팀티칭을 위해 각자가 맡을 일을 나누었고, 교양과정 학생들을 대상으로 하는 과목이어서 소그룹을 짰다. 그때 조교가 이미경이었다. 그러던 중에 연세대 조한혜정 선생이 우리 여성학 모임에 참여했다. 그때『성의 정치학(Sexual Politics)』[1976(1970)]을 번역했는데 가부장제를 이야기하기가 아직 시기상조였다. 그래서 쉬쉬하고 말을 못 했다. 가부장제는 우리 전통에도 있는 문제이고, 나중에 '가족법' 개정 문제를 다룰 때도 가부장제가 중심 이슈가 되었다.

이화여대에서 여성학이 조직되고 시작하는 데 윤순영 선생이 많이 도와주었다. 윤 선생이 여성학에 관한 자료도 주었고, 여성학에 관한 토론도 많이 했다. 윤 선생은 현영학 선생이나 서광선 선생하고도 친했다. 현영학 선생이나 서광선 선생은 여성학을 설치하는 데 행정적으로 적극 도움을 주었다. 내가 나서서 되는 것이 아니어서 그분들 덕분에 일이 빨리 진행되었다. 1977년 가을 학기부터 여성학 팀티칭 강의를 시작했다. 당시 장필화 선생은 이화여대에 없었고 크리스찬아카데미에 있었다. 크리스찬아카데미의 '중간집단교육'[19]에서 여성 교육을 한명숙 선생이 맡았다.

---

19 '중간집단'은 강력한 유신 체제 아래 위축된 민(民)과 지식인들 사이에서 이 둘을 매개하는 집단으로서 사회적 자유와 정의를 실천할 개혁적 주체 집단으로 상정되었다. 크리스찬아카데미는 중간집단의 창출과 함께 이들의 의식화를 촉진할 다양한 사회교육 프로그램을 구축하고자 했다.『한국민족문화대백과사전』에서 '크리스찬아카데미사건' 검색(http://encykorea.aks.ac.kr/Contents/Item/E0075865).

팀티칭은 윤후정 선생, 정희숙 선생, 김영정 선생, 나, 정세화 선생 등 몇몇이 했다. 교수들이 분담해서 강의하고 조교는 이옥경, 이미경, 이경숙, 김상희 등이 했다. 우리가 여성학을 강의하는데 이미경이 노동운동을 돕는 입장에서 "여성학을 대학생들에게만 가르칠 것이 아니라 노동여성들에게도 가르치자"라고 제안했다. 독일 에큐메니컬 교회재단(Evangelische Zentralstelle for Entwicklungshlife, EZE)에 보조금(grant)을 신청해 허락받았다. 그때가 1979년이었던 것 같다. '노동자들을 위한 이브닝 클래스'였는데, 이화여대는 엘리트만 다니는 것이 아니라 노동자들에게도 열려 있다는 취지로, 노동자들이 이화여대에 와서 강의를 듣게 하자는 것이었다. 1980년 봄 학기부터 강의를 시작하려고 했다. 그런데 그해 봄에 5·18민주화운동이 일어났다. 다음 학기부터 노동자를 위한 여성학 강의를 하기로 다 준비해 놓았는데 강제로 여성연구소가 해체되고 모두가 반정부 인사로 몰려 쫓겨났다.

내가 여성학을 담당하면서 가부장적 사회구조에 대한 내용과 함께 내 나름대로 여성 문제에 대한 강의를 준비했다. 1977년 무렵 사회학과에 '여성사회학'이라는 과목을 개설해 강의했다. 그때 나는 비판사회학의 입장에서 강의를 했던 것 같고 사회학적 이론이 뚜렷하지 않아 사회구조, 가부장제 구조와 관련해 사회를 비판하며 여성학을 가르쳤던 것 같다.

피스크 대학교 교환교수 경험과 흑인사회학

1960년대 말부터 흑인 운동이 제기되었고, 1970년을 고비로 미국에서 여성운동이 다시 일면서 대학에서도 여성학이라는 교과과정이 생기기 시작했다. 1972~1973년 윤순영 선생이 풀브라이트(Fulbright) 교수로 이화여대에 와 있었다. 윤 선생은 나하고 친하게 지내며 미국의 관련 자료를 건네주고 이야기했다. 그때가 동일방직 등 한국에서 노동 문제가 생기고 있던 참이었다. 당시 미국에서는 '흑인사회학은 흑인 해방을 위한 사회학'이고 '백인사회학은 죽었다'는 래디컬(radical)한 외침과 이론이 나오기 시작했다. 그리고 제3세계 이론으로 근대화 이론을 비판하기 시작하면서 민주화운동과 노동운동 쪽에서 관련 논의가 일기 시작했다. 나는 미국에 오래 있었지만 흑인문제에 대해서는 전혀 관심이 없었다.

그래서 흑인문제와 흑인 사회의 배경에 대해 조금 알고 싶어졌다. 한국 풀브라이트[20] 위원회에 요청해 흑인 대학교인 피스크 대학교에 가고 싶다고 했다. 미국 테네시주 멤피스에 있는 피스크 대학교는 미국의

20　풀브라이트(J. W. Fulbright, 1905~1995)는 미국의 정치가로 상원의원을 지냈다. 제2차 세계대전 후에 여러 나라의 학생과 교수의 교환을 꾀하는 풀브라이트 계획을 실행했다. 네이버 국어사전에서 '풀브라이트' 검색(https://ko.dict.naver.com/#/entry/koko/259aa4d092 b848ed91f0ffae5ea57a6e).

피스크 대학교 교환교수 시절 친구 준
(June)의 집에서

첫 흑인 대학이다. 한국 사람들은 아이비리그 대학이 미국 제일인 줄 아
니까, 내가 자청해 피스크 대학교에 간다고 하니 풀브라이트 위원회에
서 좋아했다. 풀브라이트로 한 번 가려면 경쟁이 심한데 빠르게 허락을
받았다. 나중에 알게 된 사실인데, 이게 다 미국 중앙정보국이 영향을
미친 것이었다.

풀브라이트 위원회에서는 피스크 대학교에 두 학기인 1년 동안 가
있으라고 했는데, 내가 2학기는 너무 길고 1학기만 있겠다고 해 1974년
신학기에 교환교수로 피스크 대학교로 갔다. 테네시주가 미국 남부 주
라 피스크 대학교는 내가 앨라배마 대학교에 다닐 때부터 알고 있었다.
테네시주 멤피스에는 피스크 대학교 말고도 밴더빌트 대학교, 스카릿
대학 그리고 교육대학인 피바디 교육대학이 있다. 피바디 교육대학은

한국의 사범대학 출신들이 많이 가는 대학이다.

피스크 대학교에 갔을 때 이화여대 학생처장이던 교육학과 김정한 교수가 남편과 같이 피바디 대학에 와 있었다. 김정한 교수의 남편이 나한테 "여기를 풀브라이트로 왔다면 모두 중앙정보국의 앞잡이인데 선생님이 오셨어요?"라고 했다. 나는 잘 모르고 갔고 그 사람이 하는 소리를 심각하게 받아들이지 않아 그냥 농이라 생각했다. 그런데 피스크 대학교는 흑인 학생운동의 본거지였다.

서인도제도는 북미와 남미 사이에 위치한 자그마한 섬으로, 아프리카에서 흑인을 노예로 데려다가 북미 쪽으로 넘기는 노예시장이 있던 지역이다. 서인도제도 출신들이 미국에 와서 박사학위를 받고 이 대학에 교수로 더러 있었는데, 당시 사회학과 학과장을 하던 교수도 서인도제도 출신이었다. 피스크 대학교는 미국에서 가장 오래된 흑인 대학으로 미국 대학의 흑인 학생운동, 아카데믹 흑인 운동의 본산이었다. 이 대학에 제시 잭슨(J. Jackson) 등 아프리카 사람들도 오는 등 학생운동이 열광적이었다. 나는 풀브라이트 쪽에서 제시하는 한두 강좌 강의를 하고 교수들이 하는 연구 프로젝트에 참여하기로 계획되어 있었다. 그 프로젝트는 흑인 가족 연구였다. 내가 가족 연구를 하니까 흑인 가족에 관심을 갖게 되어 좋은 기회라고 기대했다. 그런데 그곳 교수회의에서 사회학개론 같은 과목과 관련한 연구에 참여시키는 것으로 정했다. 교수들은 다 흑인이었고 백인은 한 사람뿐이었다. 나는 흑인 가족 연구를 하고 싶어 갔는데 그들은 나를 끼워주지 않았다. 나중에 알고 보니 흑인 가족 연구라는 것이 감옥에 수감된 흑인들의 가족 연구로 이것을 수단으로 삼아 구속자들을 의식화시키는 '혁명 의식 고취 프로젝트'였다.

내 강의 중에 한국 사회 이야기와 함께 가족제도에 대해 이야기하면, 그 사람들은 한국 정부를 군사정부(military government)라고 비판하고 한국은 보수주의의 나라이며 미국에 종속된 나라라고도 비판했다. 그때가 흑인의 뿌리를 찾는 소설이 나왔던 시기였다. 내가 그곳에 있는 동안 소설 『뿌리(Roots: The Saga of an American Family)』가 드라마로도 제작되어 텔레비전으로 방영되었다. 나는 흑인 가족이나 흑인사회학에 관한 책을 많이 읽었다. 도서관에서 흑인의 역사, 노예의 역사, 흑인 가족의 문제 등에 관한 책들을 읽고 나서야 백인 가족과는 다른 흑인 가족을 이해할 수 있었다.

제시 잭슨이 캠퍼스에 오면 환호성이 대단했고 강연회에는 수많은 학생이 몰려왔다. 흑인 성가대(choir)와 학생 성가대가 인상적이었다. 그들을 대중 합창단(mass choir)이라고 불렀는데, 소리가 너무너무 힘차고 대단했다. 흑인 영가 특유의 애잔함은 없었고, 그저 소리를 향한 진군(marching)이며 환호의 노래였다. 우리만 해도 그때 그런 노래는 없었다. 일요일 채플에 가도 성가대가 있었고 학생들의 음악회에 가도 성가대가 있었다. 너무 감동받아 지휘자한테 무슨 악보를 보는지 녹음한 것이 있는지 물었더니, 자기들은 악보 없이 한다고 했다. 그러면서 나한테 뭔가 레코드를 하나 준다고 해서 내가 200달러인가를 주며 무엇이든 있으면 달라고 했는데, 준다고 하면서 주지 않았다. 그들은 약속한 것을 하나도 지키지 않았다.

풀브라이트 프로그램의 이중성

피스크 대학교에 있는 흑인들이 자기 뿌리를 찾는 데 관심이 있어 내가 우리나라의 가족도 혈통을 중심으로 뿌리가 깊다고 이야기하자 관심을 갖고 몇 사람이 와 질문하기도 했다. 내가 교수라고 혼자 쓰는 근사한 아파트를 주었는데, 사람들을 한 번 만나고 싶어 한국식 잡채를 만들고 음식을 준비해 학생과 교수들을 아파트로 한 번 초대한 적이 있다. 그런데 그들은 온다고 하고 오지 않았다. 앞서 말했듯 그곳 사회학과 학과장은 서인도제도 출신으로 버클리 대학교에서 사회정의(Social Justice) 분야로 박사학위를 했다는 분인데, 내게 미국 연방수사국(Federal Bureau of Investigation, FBI)이 자기를 쫓아 자기는 아파트도 없다고 했다. 자동차 안에서 살림하고 책을 넣어 다닌다고 했다. 자기 클래스는 모두 흑인 학생들인데 그중에 이중 스파이가 있다고도 했다. 그러면서 풀브라이트에서 나를 이곳에 보내준 이유를 알게 되었다.

백인이면 아무래도 눈에 띄니까 나 같은 제3세계 사람을 데려다 놓으면 흑인 교수들이 활동하는 데 대한 정보를 얻을까 싶어 제3세계 사람을 교수로 초빙한 것 같았다. 나는 당시 상황을 이렇게 인식했다. 내 클래스에서 질문하고 싶으면 개인적으로 찾아오라고 했는데 아무도 오지 않았다. 한 학기 동안 있는 중간에 한 번 워싱턴의 풀브라이트 사무실에서 사람들을 불러 모으고 미국 쪽 선전 교육을 했다. 풀브라이트 사무실에서 나를 한 번 별도로 만나자고 했는데, 그때 눈치를 챘다. '나한테 어떤 정보라도 얻으려는 것이 아닌가' 해서 동생하고 의논했다. 그래서 꾀를 써 "미안하다. 마침 우리 동생들이 휴가를 떠나는데 나도 같이 가기로 했다"라고 하고 가지 않았다. 귀국할 때쯤 워싱턴에서 또 나를 오라고 했다. 그때 마침 미국에서 화가를 하는 친구가 자기 친구와 함께 영국 관광을 갔다가 교통사고를 당해 그 친구의 친구는 즉사하고 화가 친구는 뇌 파열을 일으켜 입원했는데 위독한 상태라는 소식이 왔다. 그래서 내가 그곳을 안 가볼 수가 없어 가야 하니 워싱턴에는 못 간다고 하고 영국을 통해 귀국했다. 그랬더니 풀브라이트 쪽에서 노골적으로 싫어했다.

내가 돌아온 후 펜실베이니아 대학교에서 질문지를 보내왔다. 피스크 대학교에 관한 것으로 그곳에 있으면서 내가 무엇을 했고 그곳 대학에 관한 것을 샅샅이 묻더니 답변을 적어 보내라고 했다. 누가 그 대학에 다녀가고 학생들의 반응은 어떻고 하는 것이었다. 너무 기분이 나빠 대강대강 써서 보냈다. '이런 일에 미국 중앙정보국과 연방수사국이 배후에 있구나' 싶었다. 한국으로 돌아와 풀브라이트 관계자와 이야기했더니 기분 나쁘게 생각했다. 그리고 나한테 미술대학 교수 중에 풀브라이트 프로그램으로 갈 사람이 있느냐고 물었다. 그 후로는 풀브라이트하고 관계를 맺지 않았다. 풀브라이트 장학금을 받는 사람이 많았다. 미국 정부에서 주는 장학금이지만 일방적인 것이 아니라 쌍방적인 것이었다. 당시가 냉전 시대이고 흑인문제가 심각해 그랬던 것 같다.

가부장적 '가족법' 개정 운동

피스크 대학교에 한 학기 있었던 것이 다행이었다. 그곳 교수의 부인하고 이야기했더니 그이들도 드라마 〈뿌리〉를 보고 눈물을 흘렸다고 한다. 미국 흑인 가족 문제의 뿌리는 백인의 노예로서 수탈당한 것, 인권을 유린당한 것, 백인이 흑인 노예 마누라를 강간하고 빼앗아 가는 것, 노예 주인이 흑인 마누라를 강간해 놓고 위협하는 것 등에 있었다. 그리고 흑인 남자는 모두 도망가니 가족에 대한 책임을 질 수가 없었다. 그 패턴이 노예해방 후에도 흑인들의 가족 문제로 남아 있다. 아버지가 다른 자식들과 엄마를 데리고 왔다가 본인은 떠나버리니 가족에 전부 여자들만 남아 있다는 것이다. 그리고 아들에게 "너도 애비처럼 사람 구실을 못 하느냐? 응?"이라고 하며 아들들을 닦달하니 젊은 남자들도 여자들의 등쌀에 못 이겨 집에 있지 못했다. 흑인사회학을 공부하며 이런 문제는 계급 문제가 아니라 민족문제이고 인종 문제이며 제3세계 문제라고 생각했다.

더불어 우리 민족의 분단 문제도 이런 시각에서 파악하고자 했다. 우리 여성 문제가 국제적인 운동으로 전개되면서 범여성 '가족법 개정 운동'을 국내에서 조직하게 되었다. 그때 이숙종 선생이 한국여성단체협의회 회장이었다.

김주숙 선생이 '가족법' 개정안의 초안을 만들었고, 이태영 선생이 국회에서 상정해 논의해 달라고 노력하던 때였다. 이 초안을 법사위원회에 제출했는지 안 했는지 기억나지 않지만, 손인실 YWCA 회장하고 부회장단 그리고 YWCA의 사회위원으로서 나를 포함해 몇 사람이 국회 법사위원을 찾아간 일이 있었다. 엘리트 집안 출신인 손 회장이 "우리 집안에 문제가 있는 것은 아니지만, 우리 사회의 가난한 여성들을 위해 이 법이 통과되어야 한다"라는 식으로 말했다. 그때 나는 너무 놀랐다. 손 회장은 '가족법' 문제를 '우리 여성 문제'로 보는 게 아니라 '가난한 여성 문제'로 보고 있었던 것이다. 이태영 선생만 해도 그렇게 생각하지 않았다. YWCA의 회장단이나 이사들은 그런 정서를 갖고 있었던 것 같다. 그때 법사위원이었던, 지금은 이름도 잘 기억나지 않는 남자 하나가 정색하며 "이런 것은 빨갱이 노름"이라고 했다. "공산주의 사회에서나 평등한 여성을 이야기하는 것이다. 평등을 논하는 것은 빨갱이 사회나 하는 소리"라고 했다. 그이의 말에 어떻게 답해야 할지 준비가 안 된 상태였고, 다른 사람들도 준비가 안 되어 있기는 마찬가지라 몇 마디 말도 못 하고 밀려 나왔다. 생각하니 너무 분했다. 그 후에 YWCA 사회위원회의 분위기가 나와 맞지 않아 그곳에 나가지 않게 되었다. 한국의 잘사는 계층인 가진 자들의 가부장제에 대한 보수적 인식이 문제라고 생각하게 되었다.

국회에 '가족법' 개정안이 제출되고 신문에도 나자 유림을 위시로 정치인, 기업인 등이 가진 자들의 편이고 하나의 세력이라는 것이 느껴졌다. 내가 분단 시대 사회구조를 연구하며 느낀 점은 계급론과 가부장제를 합쳐 우리 정치권력과 지배계급이 분단을 이용해 노동자는 노동자대로 빨갱이로 몰아붙인다는 것, 여성노동력을 착취하고 이용한다는 것, '가족법'은 '가족법'대로 자기들에게 유리하게 이른바 '한국적 민주주의'라면서 가부장제 '가족법'을 개정하지 않고 그것을 이용한다는 것이었다.

멕시코 세계여성대회에서 남북 여성 만남

1970년대 멕시코 세계여성대회 같은 유엔 관련 회의는 안기부 직원이 같이 따라가는, 완전히 정부 지시대로 하는 회의였다. 당시 여성과 관련된 단체가 딱히 없는 중에 내가 한국여성단체협의회에 참여하고 있어 보건사회부 여성국장을 알고 있었다. 박정희 정권 때 세계여성대회 정부 대표단을 구성하는데, 보사부 여성국장이 나를 불러 "멕시코 세계

여성대회에 가겠느냐"라고 물었다. 나는 이 정부에서 하는 일이 마땅치 않아 그냥 "나는 대학에 있는 사람이라 총장하고도 의논해야 되니 지금 대답을 못 하겠다"라고 했다. 그리고 김옥길 총장을 만났다. 이미 그쪽에서 김 총장한테 내 이야기를 한 것 같았다. 그래서 내가 "총장님, 사실 내가 가고 싶지 않습니다"라고 말했더니, 김 총장이 씩 웃으며 가라고 했다. 정부 대표단은 다섯 명으로 구성했다. 조직단장이 이매리 씨였다. 그이는 철저히 박정희를 친양하던 사람이었다.

    당시 국제회의가 있으면 영어를 할 줄 아는 사람은 모두 갔다. 이매리 씨가 하와이 출신이어서 영어를 잘했다. 그리고 인구보건소 소장으로 인구문제와 가족계획을 전문으로 하던 여의사와 소비자 경제 분야로 독일에서 학위를 한 숙명여자대학교 아동학과 교수가 포함되었다. 그이 남편도 독일에서 박사학위를 하고 돌아와 어느 대학에 있었는데 이름이 잘 기억나지 않는다. 호텔에 방을 정해주는데 나하고 숙명여대 교수하고 같이 썼다. 모두가 내 감시자라고 느꼈다. 기조연설은 단장이 하는데 떠나기 전에 나보고 기조연설문을 쓰라고 했다. 그래서 우리 여성이 항일운동을 한 것 등 내 나름대로 분단 시대에 와서 여성이 사회참여를 어떻게 시작하는가, 이런 것을 써서 주었더니 안 된다고 했다. 왜 그런가 물었더니 "박정희 정권이 일본하고 좋은 외교관계를 유지하고 싶어 하니 항일·반일 운동 같은 내용은 쓰면 안 된다"라는 것이었다. 그래서 안기부에서 누구한테 시켜 연설문을 쓰고 영어로 번역해 카피(복사본)를 만들었다. 멕시코 한국 대사관에 도착하니 참사관이라는 사람이 완전히 안기부 관계자 느낌으로 우리를 마중 나왔는데, 연설문을 보더니 이것은 도저히 안 된다고 해서 나보고 다시 쓰라고 했다. 그래서 내가 하루 동안 회의에도 안 나가고 방에 들어앉아 과거에 영어로 작문했던 경험을 이용해 영어로 막 썼다. 그것을 이매리 씨가 가져가 읽었다. 그 회의에 한국 정부 대표로 우리 네 사람하고 참사관이 나와 있었다. 참사관은 우리하고 같이 움직였다. 여기에 NGO로 여러 사람이 와서 참석했다.

나는 멕시코 세계여성대회에서 북쪽 여성을 마주 대하는 것부터 마음이 아팠다. 그때 북쪽 여성들이 30명 정도 참석했다. 허정숙[21] 씨가 북쪽 단장을 맡아 박순천[22] 할머니처럼 한복을 입고 머리를 하고 참석했다. 그때만 해도 멕시코가 굉장히 혁명의 열기가 있었고 반미(反美)에 가까웠다. 북쪽 대표들은 일찍 도착해 멕시코 의회도 가고 정부도 가며 매스컴을 탔다. 북쪽 소식이 멕시코 신문과 지방신문에 막 보도되니까 우리 대사관이 잔뜩 긴장했다. 허정숙 씨가 나와 우리말로 국제회의 기조연설을 했다. 그것만 보아도 감동이었다. 하지만 우리 대사관의 참사

---

21 일제강점기 언론인, 마르크스주의자, 독립운동가다. 북한 정권 수립에 관여해 중앙재판소(한국의 대법원 격)장을 지내는 등 북한의 고위 정치인이었다(엮은이 주).

22 5선 국회의원이자 여성운동에 크게 기여한 여성운동가다. 한국 여성 최초로 정당 대표(민주당, 민중당)를 지냈다. 한복을 즐겨 입은 것으로 유명하다(엮은이 주).

관, 여의사, 이매리 씨 등과 안기부에서 나온 남자들이 하는 행동들은 마음에 안 들었다. 북쪽에서 온 사람들과 달라 이래저래 기분이 나빴고 마음이 참 아팠다. 만찬을 하는데 나는 될 수 있으면 사람 통로가 아닌 조금 뒤로 가서 자리를 잡았다. 북쪽 여자들이 지나가는 길 쪽에 앉는 것이어서 북쪽에 꿀리는 것 같았기 때문이다. 내가 그때를 생각하면 지금도 기분이 나쁘다.

내가 한번 회의장에서 보니 북쪽 여성들이 한복을 여러 색깔로 맞추어 입고 왔다. 북쪽의 옷감이 괜찮은 것 같았다. 그래서 내가 "옷감이 참 좋아 보이네요"라면서 옷 색깔이 예쁘다고 칭찬했더니 북쪽 사람들이 나를 경계했다. 북쪽은 북쪽대로 남쪽 사람에 대한 경계가 있었고, 남쪽은 남쪽대로 정치적인 시위를 했다. 1970년대는 참 지옥 같았다. 분과 회의장에 여성 문제나 가정 문제에 대한 이슈가 나오면 참사관이 뒤에 앉아 우리에게 그냥 가만히 있으라고 했다. 우리가 토론에 참여하고 문제를 제기할 것도 있었는데 일체 못 하게 했다. 이것도 기분이 나빴다. 이매리 씨도 내가 질문하려고 하면 "가만히 있어, 가만있어"라며 나를 통제했다. 그때 그는 아주 도도했다. 마지막 총회(plenary)에서 그리 큰 문제는 없었는데, 77그룹(Group of 77)[23]에서 별도로 자기들의 입장이

---

23 개발도상국에 속하는 유엔 회원국 77개 나라가 1963년 설립한 국가 모임이다. 현재는 가입
   국이 늘어 134개국이다. 한국은 창립 멤버였으나 1996년에 경제협력개발기구(Organization

반영된 성명을 냈는데 이것이 통과되는 데 문제가 있었다. 참사관이 뒤에 앉아 우리를 지휘했다. 그것도 내가 너무너무 기분이 나빴다. 이 안을 결의하는데 우리 대표단 입장을 표시하는 마지막 단계에서 이매리씨가 싹 빠져나갔다. 내가 부단장이니 우리 측 입장을 표시해야 했다. 이 안의 통과에 우리가 '예스'를 하면 77 비동맹 그룹에 가담하게 되는 것이니 백인들이 반대했다. 그렇다고 '노' 하게 되면 비동맹 그룹에 잘못 보이게 되니까 중립을 지킨다고 앉아서 '엡스테인(abstain)'을 하라고 했다. 유엔 회의에서 어느 한쪽을 지지할 입장이 못 되니 엡스테인은 노도 아니고 예스도 아닌 것으로 '기권'하는 것이다. 기권도 안 된다고 그랬는데 나한테 기권하라고 코치했다. 이런저런 이유로 우리가 통일되기 전에는 유엔 회의에 절대 안 나간다고 마음먹었다.

'분단시대의 사회학'을 주창

멕시코 세계여성대회에서 여러 경험을 하고 대회를 마친 후 혼자 미국으로 떠나려고 비행장에 와 여권하고 항공표를 내놓으니 멕시코 사람이 "남한 출신(from South of Korea)이냐?", "남한은 미국 식민지(colony

---

for Economic Co-operation and Development, OECD)에 가입하면서 탈퇴했다. '개발도상 77개국'이라고도 한다(엮은이 주).

of USA)가 아니냐?'라고 물었다. 당시 멕시코 분위기가 그랬다. 우리나라가 친미 성향이라 멕시코에서는 완전히 미국 식민지로 통했다. 1970년대에 해외여행을 하다 보면 한국 사람끼리도 심하게 경계했다. 옆에 앉아도 '이 사람이 혹시 북에서 온 사람인가?' 싶어 경계했다. 그때가 동베를린 사건이 일어났던 때다. 1970년대에 사상과 관련된 정치 사건이 많았기 때문에 가는 곳마다 민족끼리 불신과 적대감을 가지고 대했다.

1970년대가 되자 문인들이 분단 가족의 아픔이나 빨갱이 집안이라며 자식들이 비난당하고 부인들이 경찰에 겁탈당하는 이야기 등을 다룬 처절한 분단 가족 소설을 쓰기 시작했다. 김원일 씨가 자기 집안 이야기로 쓴 소설을 읽으며 '분단시대의 사회학'이라는 아이디어를 떠올렸다. 흑인의 해방 사회학과 더불어 분단 문제에 관심을 갖게 되었다. 강만길 선생이 일본에 갔다 와서 「분단시대의 역사인식」(1978)이라는 논문을 썼다. 그래서 내가 자청해 백낙청 선생에게 「분단시대의 사회학」이라는 논문을 쓰겠다고 했다. 글을 쓰는 데 1년이 걸렸다. 쓰다가 끙끙 앓고, 쓰다가 끙끙 앓으면서, 내 몸과 감정의 모든 것이 솟구쳤다. 「분단시대의 사회학」은 논문이 아닌 에세이 형식이 되었고 ≪창작과비평≫에 실렸다.[24]

백낙청 선생이 "이 선생의 책이 연세대 앞에서 하루에 50부가 팔렸

24 이효재, 「분단시대의 사회학」, ≪창작과비평≫, 제51호(1979), 250~268쪽.

다"라면서 "혹시 안기부에서 아무 기별이 없느냐"라고 물었다. 내가 그 글을 써서 백 교수가 보기에 '안기부에서 무슨 일을 당하지는 않을까'라는 생각이 들었던 모양이다. 젊은이들도 분단 문제에 관심을 갖고 있는데 분단과 관련된 글이 없었다. 그 글은 내가 사회 평론 형식으로 이것저것 엮어 평이하게 시대적인 상황을 쓴 것이었다. 하지만 자연히 안기부의 주목을 받게 되었다.

내가 해직되어 대학 도서관에 가지 못했을 때는 서대문에 있는 한국연구원에 방을 얻어 분단 시대 그리고 가부장제 국가의 사회구조를 연구했다. 김진균 선생도 해직된 후 한국기독교사회문제연구원에서 연구 프로젝트를 했다. 김진균 선생하고 함께 분단된 사회구조 문제를 연구하면서 1970년대 말부터 여러 곳에 발표한 글을 모아『분단시대의 사회학』이라는 책으로 엮어 1985년 한길사에서 출판했다. 이 책에 나의 가족학 관련 논문들과 여성 문제 논문들도 함께 실었다. '민족 분단으로 우리 민족이 어떻게 진통을 겪었는지, 가부장제 분단국가로서 구조적으로 여성 문제가 어떻게 발생하는지'를 다루었다. 이 책으로 1986년에 한국출판문화상, 1990년에 심산상을 받았다.

1970년대에 내가 이런저런 일에 모두 얽히면서 이론적으로 변화하고 한국 사회를 이해하는 관점도 생기게 되었다. 그래서 여성 문제와 여성운동에 관한 책으로『여성해방의 이론과 현실』을 출판했다. 이 책은 1979년 창작과비평사에서 출간되었다. 여성 문제를 사회구조적으로 보

『분단시대의 사회학』 출판 기념회에서

아야 한다고 생각하며 책을 편집했다. 여성 문제는 국가, 가부장제, 국가 가부장제 구조로 이해해야 하고 분단도 마찬가지였다. 당시는 미국의 이론들이 소개되던 때였다. 이 책은 정자환 선생이 하와이에 갔다 와서 여성 문제와 여성운동과 관련된 외국 학자의 글을 모아 번역한 것에, 마지막에 내가 쓴 통일 문제와 관련된 여성운동 글, 그리고 최옥자 씨가 쓴 「한국여성운동 소사」를 실었다. 이 중 번역된 글은 뺄 것은 빼고 넣을 것은 넣어 편집해 만들었다.

제5부
—
실천적 삶으로서
사회 민주화 운동과 여성·통일 운동

민주화를 위한 지식인 선언과 김대중 내란음모조작사건

1978년에 송기숙 교수를 포함한 전남대학교 교수 11명이 우리 교육 현실을 비판하고 참다운 인간 교육을 주장하는 '우리의 교육지표' 선언[1]을 했다. 서울은 서울대에서, 전남은 전남대에서 발표했다. 그리고 전두환 군부의 1979년 12·12쿠데타 이후 1980년 군사정권이 들어서자 지식인들의 민주화를 위한 성명이 있었다. 나는 꼭 누구를 대통령으로 만들어야 한다는 정치적인 운동에 관심이 없었다. 다만 여성운동, 사회운동, 민주화운동에 관심을 가졌고, '군인들은 물러나야 하고 민주화를 해야 한다'는 것이 내 입장이었다. 그러니까 대학에서 지식인 선언을 할 때, 이화여대 교수들과 여성들을 참여시킨다고 하면 이런 일은 내 담당이 되는 것이었다.

어느 날 서남동 선생이 나한테 연락해 와서 나도 참여한다고 답했다. 나는 그것뿐이었고 그 이상은 몰랐다. 나중에 알고 보니 사전에 안기부에서 탐지해 교수들이 구속되면서 안기부 직원 둘이 우리 봉원동 집에 와서 나를 데리고 갔다. 안기부에서 '내 사상이 빨갱이인지 아닌지'를 조

---

1   1978년 6월 27일 전남대학교 교수 11명은 국민교육헌장의 내용을 조목조목 비판한 뒤 이는 우리의 교육지표가 될 수 없다고 주장하며 성명을 발표했다. 정재걸, "1978년 '우리의 교육지표' 사건", ≪에듀인뉴스≫, 2017년 8월 17일 자(http://www.eduinnews.co.kr/news/articleView.html?idxno=8641).

사했다. 나는 마르크시스트가 아니니까 사상적인 면에서 어디까지나 당당했다. 조사받으면서 "민주주의라는 것은 어디까지나 주권재민 사상이 아니냐"라고 들이댔다. "주권재민 사상에서 국민의 입장에서 권리가 있기 때문에 우리가 비판할 수도 있는 것 아니냐?"라고 했다. 그들은 나를 밤새도록 잠을 재우지 않고 그들 나름대로 내가 얼마나 위험한 사상을 가졌는지에 대한 자술서를 꾸미기 위해 압박했다. 마지막에는 나보고 자술서를 쓰라고 했다. 그래서 나는 주권재민 사상의 입장에서 현 정권을 반대하고자 이런 선언에 참여했다고 간단하게 썼다.

자술서를 쓰고 나서 나는 그다음 날 오후에 풀려났다. 안기부로 끌려간 밤에 옆방에서 큰 소리가 나고 누군가를 닦달하는 것 같았는데, 나중에 알고 보니 그이가 붙들려 간 강만길 선생이었다. 서울에서는 강 선생하고 내가 참여하기로 했다가 들통이 난 것이었다. 강 선생도 「분단 시대의 역사인식」이라는 글을 쓰고 통일에 대해 발언하니 우리를 노렸던 것 같다. 이화여대에서는 나 혼자 참여했다. 나중에 알고 보니 김숙희 선생의 오빠인 김용준 교수도 일찍이 기독자교수협의회 회장을 하며 상당히 시달렸다고 한다. 그즈음 김용준 교수는 이런 선언이 너무 정치적으로 흘러 반대하고 참여하지 않았다고 했다. 그 후에 김 교수가 나한테 "선생님은 그런 데 참여하지 마세요. 그거 모두 쓸모없는 일"이라고 이야기한 적이 있다.

박정희 대통령이 죽고 1980년 초 김대중 내란음모조작사건[2]에 관런되었다. 그때는 나도 숨어 있었는데, 신문에 크게 난 김대중 내란음모조작사건 기사를 보고 참 잘도 꾸몄다고 생각했다. 1980년 5·18민주화운동이 나기 전 '서울의 봄' 시절에 학생들이 시위할 때 서남동 교수가 이화여대로 나를 찾아와 하는 말이 "우리가 민주화를 하려면 민주제도연구소[3]를 해야 하지 않느냐. 그러기 위해 문화 분야는 백낙청 선생이, 종교 분야는 자신이, 여성 분야는 당신이 맡아라"라는 것이었다. 서남동 교수가 이렇게 얘기하며 나한테 승낙을 요청했다. 나도 그때 민주화를 외치는 입장이고 민주제도연구소를 한다니까 함께 참여하겠다고 승낙했다. 이 일을 고려대학교 이문영 교수가 주로 진행했는데 김대중 선생을 대통령에 염두에 두고 했던 것 같다. 나는 그런 정치적인 입장 없이 서남동 선생하고 몇 분이 맡아 교섭했고, 연구소 소장은 이문영 선생

---

2 1980년에 있었던 신군부의 내란음모조작사건으로 전두환을 위시한 신군부가 김대중과 민주화운동가 20여 명이 북한의 사주를 받고 내란을 획책했다고 조작한 사건이다. 1995년 5·18특별법이 제정되어 당시 재판에서 유죄판결을 받은 인사들이 재심을 받을 기회가 열리게 되었다. 김대중은 대통령 재임 중에는 여러 이유로 재심을 미루다가 임기를 마친 2003년에 재심을 청구해 2004년 무죄 선고를 받았다. 나무위키에서 '김대중 내란음모 조작사건' 검색(https://namu.wiki/w/김대중내란음모조작사건).

3 민주제도연구소의 분야별 담당자는 민족재생 담당에 박형규 목사, 역사문화 담당에 백낙청, 종교교육 담당에 서남동, 언론사회 담당에 송건호, 여성 담당에 이효재, 민주정치 담당에 장을병, 노동 담당에 탁희준, 농업정책 담당에 유인호였다. 나무위키에서 '김대중 내란음모 조작사건' 검색(https://namu.wiki/w/김대중내란음모조작사건).

이었다. 아이디어는 한완상 선생도 보탰던 것 같다.

사실은 내가 관련된 것은 성명서에 참여한 것뿐이다. 그런데 기소장에 김대중이 어떻다고 나오는데, 과도 내각을 안기부에서 만들었던 것 같다. 과도 내각 혁명정부 조직에 여성부 장관이 나였다. 그 밑에 이상하게 이옥경 이름이 붙어 있었다. 나는 '그 연구소를 만든다는 데 승낙한 것이 이렇게 되어버렸구나'라고 알아차렸다. 이옥경이 들어간 것은 그때 나와 글을 쓰고 가깝게 지냈기 때문인 것 같다. 백낙청 선생과 모모한 우리 민주 인사들이 내각에 다 들어가 있었다. 그리고 학생 조직과 광주의 무슨 조직이 다 김대중 내란 음모, 혁명, 빨갱이 혁명 조직으로 엮여 있었다. 여기에 지식인 조직을 가져다 붙인 것이었다. 지식인 조직을 붙이면서 성명서를 낸 사람들이 전부 김대중 내란 음모의 하부 조직으로 꾸며져 있었다.

도피와 해직

김대중 내란음모조작사건으로 형사들이 한참 나를 찾았다. 처음에 나는 딱히 한 일이 없으니 숨을 생각도 안 했는데 서재숙 씨가 "심상치 않으니 좀 숨어 있으라"라고 했다. 나중에 은평구 구산동 내 집에서 이사 나오기 전에 이웃으로부터 이야기를 들으니 "형사들이 내 집 근처에 와서 잠복했다"라고 했고 "저 집이 빨갱이 집"이라고도 했다고 한다. 내가 숨어 있으면서 검찰 기소장을 본 다음에 나를 처음 자기 집에 숨겨준 윤기선 씨의 딸인 윤영숙 씨가 한 번 전화해 소문이 심상치 않고 나를 굉장히 찾으니 꼭꼭 숨어 있으라고 했다. 내가 가끔 밤이나 저녁때 도산공원에 나가 산책하니 조심하라고 했다. 이우정 선생, 조화순 목사 등이 다 끌려갔다. 안기부에서 나를 많이 찾는데, 가만히 생각하니 '사실 내가 한 일이 없는데, 이렇게 숨어 있지 말고 나가서 조사받아도 되는 것 아닌가'라는 생각을 했다.

김대중 선생이 일본에 있다가 미국으로 갔는데 일본에서 그분이 접촉한 단체가 친북·빨갱이 단체라고 해서 빨갱이로 엮었다. 한때 김대중 선생이 워싱턴에 있는 내 제부 노광욱을 만났다고 한다. 워싱턴의 통일운동, 민주화운동 그룹에 노광욱이 속해 있었다. 김대중 내란음모조작사건의 기소장에는 '일본에서는 어떤 조직이 친북이고, 누구하고 접촉했고, 김대중이 미국 워싱턴에 가 노광욱을 만나 북쪽과 접선했다'는 내용이 들어 있었다. 1979년 내가 유럽에서 열리는 어떤 회의에 참가했다가 정희경 씨 집을 들르고 돌아왔다. 내가 노광욱의 처형이며 노광욱은 친북이고 위험하다는 이야기가 안기부 쪽에서 있었던 것 같다. 조형 선생도 어디서 그런 이야기를 들었다고 했다. 아무튼 내가 정희경 씨 집에 들렀고, 노광욱의 처형이고, 안기부에서 노광욱을 북쪽 앞잡이로 생각하고 있는데다가, 지식인 그룹에서 나를 여성부 장관으로 만들어놓았다고 하니 조사받는 것을 단념하고 그냥 숨어 있었다.

그래서 1980년 겨울까지 강남구 압구정동 사촌 언니네 집에 숨어 있었다. 숨어 있으며 생각하니 아무래도 구산동 집으로 돌아갈 수 없을 것 같았다. 1980년 여름에 사건이 나고 그해 가을 학기에 이화여대에서 해직되었다. 퇴직금 700만 원을 받았다. 퇴직금을 받아 숨어 있는 동안 잘 썼다. 그해 겨울을 지내며 아무래도 '구산동 집으로 돌아가기가 어렵고 이화여대에서도 해직되어 학교에 갈 일이 없으니 남쪽으로 이사 가야겠다'는 생각이 들었다. 강동구 둔촌동 아파트 단지 앞쪽은 큰길에서 가까워 분양이 다 되고 단지 뒤쪽은 길에서 멀지만 경치도 좋고 분양이 안 된 것이 있었다. 고층 아파트로 잘 지었다. 희경이랑 사촌 언니를 데리고 가서 아파트를 보니 경치가 좋았다. 그래서 우리가 '김일성 별장'이라는 별명을 붙였다. 구산동 집을 팔아 그 아파트를 사자고 결정했다. 그때가 1981년이었다. 올림픽공원이 들어서기 전에 둔촌동 주공아파트로 이사했다. 압구정동 사촌 언니네에 있으면서 새로 산 아파트로 왔다 갔다 하며 집을 정리하고 이사 간 것이 1982년이다.

　　1980년에 나는 너무 실망했다. 민주화를 기대했는데 군부 세력이 다시 들어와 민주화가 좌절되어 우울했다. 우울하게 조용히 몰래 숨어 사는 입장이었지만, 마침 박형규 목사하고 사모가 우리 집을 찾아오셨다. 그런데 그분은 여전히 명랑했다. 박 목사는 나의 기분을 돋우어 주는 말들을 해주었다. 고마웠다. 나는 지금도 그것을 뚜렷이 기억하고 있다.

　　그 후 1982년에 한 번 나한테 한국기독교교회협의회 인권위원회를 통해 안기부에서 만나자는 소식이 왔다. 만나지 않았다. 둔촌동에 있으면서 내가 그동안 근대화 이론의 입장에서 우리 가족 연구, 사회 연구에 대해 썼던 논문들이 다 잘못이었다는 것을 내 나름대로 받아들이면서 새 논문[4]을 썼다. 김진균 선생이 새 논문을 보고 잡지에 실자고 해서 경향신문사의 월간지 ≪정경문화≫에 실었다. 그때가 1982년이니 웬만하면 안기부에서 잡아가 조사할 만한데 그렇게 하지 않았다. 나중에 안기부에서 '어째서 나에게 후하게 대해주었나'라고 생각해 보았다.

하나는 전두환 부인인 이순자 씨가 내 동생 이은화의 진해여자중학교 후배였다. 그리고 1970년대 후반 이은화가 이화유치원을 만들어 유치원장을 할 때 전두환의 자녀들을 유치원에 데리고 왔다. 그래서 이순자 씨와 언니, 동생 하는 사이인데 이 씨가 청와대에 들어가게 되자 육영회를 조직하는 데 내 동생을 끌어들였다. 이순자 씨가 시작한 육영회 사업인 전국 어린이 교육을 위한 육영회를 이은화가 조직했다. 그래서 내가 동생하고 여러 해 동안 거리를 두고 살았다. 결국 동생인 이은화를 봐서 나를 봐준 것 같았다.

다른 하나는 내가 그 뒤에 들은 얘기다. 우리 어머니가 1982년에 진해에서 돌아가셨다. 돌아가시기 전에 내가 숨어 있으니 둔촌동에 한 번 오셨다. 내가 김한림 선생한테서 들은 이야기인데, 우리 어머니가 김 선

---

4 이효재, 「분단시대의 가족상황」, ≪정경문화≫, 제205호(경향신문사, 1982.3), 76~94쪽.

생에게 '나한테 얘기하면 펄펄 뛰고 야단날 테니 나한테 감추라'고 하셨던 것 같다. 어머니 마음으로 내가 결혼도 안 하고 숨어서 권력에 당하고 있는 모습이 답답하셨던 것 같다. 김한림 선생이 진해에 오니 김 선생과 내 문제로 의논하셨던 모양이다. 김정례 씨가 전에도 나를 좋아해[5] 우리 집에도 오고 우리 어머니에게도 잘했다. 김정례 씨가 전두환 대통령하고 가까우니, 그에게 부탁하면 내가 사면이라도 받을까 싶었던 것이다. 김정례 씨 주소는 김한림 선생을 통해 알았던 것 같다. 과거의 정을 생각해 내 이야기를 하며 부탁했던 것 같다. 당시 김정례 씨가 권력에 상당히 영향력이 있었다. 이 두 가지를 이유로 안기부에서 나를 후하게 봐준 게 아닌가 한다. 내가 이 사실을 알았을 때는 재판이 다 끝났을 무렵이다.

해직 기간의 생활과 해직교수협의회 활동

내가 해직되니까 강문규 목사가 "한 번 해외 기독교 단체에 나가서 일하지 않겠느냐?"라고 물었다. 나는 "외국으로 가면 한국과 멀어지니 한국에서 연구하겠다"라고 가지 않았다. 한국에 있으면서 둔촌동 아파

---

5   김정례 씨는 전두환 정부 시절인 1982~1985년 보건사회부 장관을 지냈다. 장관이 되기 전
     에는 한국유권자연맹 대표를 맡으면서 이이효재 선생님과 가깝게 지냈다(엮은이 주).

트를 싸게 사서 돈을 벌었고, 『가족과 사회』의 개정판을 내서 돈을 벌었다. 내가 해직되었을 때도 사실 돈을 잘 썼다.

해직되고 첫해에는 개인적으로 생활에 문제가 있었는데, 마침 장하진과 같이 번역해 출판한 사회학개론 교과서인 『사회학: 비판사회학의 입장에서(Sociology: A Critical Approach to Power, Conflict, and Change)』[6]가 미국에서 개정판이 나왔다. 이 개정판을 다시 번역해 출판했다. 이 책은 마르크시스트적인 접근이 아니라 사회 불평등 현실을 비판적으로 접근한 것이었다. 마르크시즘이나 계급유물사관에 입각한 계급론이나 계급투쟁을 학교에서 가르치는 것이 시기상 맞지 않아 이 책은 상당한 인기를 얻었다. 내가 학교에서 학생들을 가르치지는 못했지만 사회학계에서 이 책을 굉장히 많이 써주었고 널리 이용되게 도와주었다. 나중에 제3판까지 나왔던 것 같다. 이 책의 인세 수입은 생활에 보탬이 되었다.

한편 내가 『가족과 사회』를 쓴 것이 1968년이었는데, 이 책을 조금 보완할 것이 있어 부분 개정하고 다시 전면 개정했다. 전면 개정은 이론적인 시각인 근대화 이론에 입각해 한국의 가족 문제를 본 것에 대한 비판과 반성이었다. 여성학의 시각과 가부장제에 대한 비판적인 시각에서 가족 연구를 다시 썼다. 사회 개혁적인 관점에서 '노동자의 입장과 빈민의 입장에서 가족 문제에 어떻게 접근할 것인가'에 대해 논문을 쓰니

---

6   미국 사회학자 볼드리지(J. Victor Baldridge)의 책이다(엮은이 주).

학술지에 실리지 않았다. 그것을 김진균 선생한테 보여주니 어느 월간지에 실린 일이 있었다. 논문 제목은 잘 기억나지 않는다. 제3세계의 이론적 입장이나 가부장제 입장에서 한국 사회를 연구하고 싶은데 대학 도서관에 자유롭게 출입할 수 없어 서대문 한국연구원을 다니며 연구했다. 사회학을 하는 사람으로서 우리 역사, 우리 근대사와 현대사에 대한 이해나 인식이 부족하다는 것을 스스로 느꼈다. 분단 시대의 우리 역사에 접근하려는데 강만길 선생이 「분단시대의 역사인식」이라는 논문을 쓰셨기에 초청해 강의를 들었다.

우리의 '가부장제의 역사나 동양사, 중국사에서 가부장제를 우리가 어떻게 이해하고 인식해야 되느냐'라는 문제를 두고 김용옥 선생을 초청해 강의를 들었다. 김 선생이 하버드 대학교를 졸업하고 막 돌아왔을 때다. 고대 사회와 중국 사회에서 가부장제의 문제에 관한 강의를 두 번 들었다. 그 후 김 선생은 『여자란 무엇인가』(1986)라는 책을 썼다. 그러나 그때 강의는 뚜렷하게 기억에 남을 정도로 인상 깊은 내용은 아니었던 것 같다. 계속 강의를 듣고 싶었지만, 김 선생이 준비가 안 되었는지 피해서 2회로 끝났다.

마침 기독교사회문제연구원에서 김진균 선생이랑 프로젝트를 받아 한국 사회구조에 대해 연구했다. 나는 한국 분단사회 구조를 가부장적인 국가사회로 규정하고 여성학적인 시각에서 논문을 썼는데 한국연구원에 보관된 자료를 주로 활용했다. 그때 김진균 선생과 젊은 제자들은 분단사회의 문제를 자본주의 비판과 유물사관 입장인 계급투쟁론으로, 특히 다국적 기업, 세계 자본의 지배와 노동 문제에 대한 연구를 했다. 프로젝트 결과는 기독교사회문제연구원에서 『한국사회 구조의 성격』으로 출판되었다.

1980년 초 전국적으로 해직된 교수가 86명이었다. 변형윤 선생, 김진균 선생, 이명현 선생, 장을병 선생, 중앙대학교 경제학과 유인호 선생, 홍익대학교 정윤형 선생 등이었고 그때는 서남동 목사도 있었다. 나는 가족 관련 연구를 하고 있었는데, 해직된 교수들이 "우리가 가만히 있을 수 없다. 무언가를 해야 한다"라며 해직 교수 모임을 만들자고 해 1983년 해직교수협의회[7]를 조직해 시국에 대한 입장과 성명을 발표했다. 김진균 선생이 그때 구체적인 자료를 가지고 있었다. 고려대 이상신 선생은 서기를 맡았던 것 같다. 나보고 자꾸 공동대표를 하라고 해 맡았는데 변형윤 선생하고 내가 교대로 했는지, 공동으로 했는지는 기억이 잘 나지 않는다.

전두환 정권이 들어서고 1984년 나는 복직되었다. 대학에서 저항이 계속되니 정권은 학원을 정상화한다며 '학원안정법'을 제정하려고 했

---

[7] 해직교수협의회는 1978년 '우리의 교육지표' 사건에 관련되어 해직된 교수들이 모여 처음 조직되었다가 1980년 모두 복직된 후 5·17쿠데타로 다시 86명의 교수들이 해직되자 1983년에 재조직된다. 김정남, 『진실, 광장에 서다: 민주화운동 30년의 역정』(창비, 2005), 228쪽.

다. 1985년 우리는 "'학원안정법' 제정을 반대한다"라며 안병무 선생, 김 윤수 선생, 이상신 선생, 성내운 선생, 정윤형 선생, 이만열 선생, 김성 재 선생, 명노근 선생, 유인호 선생, 김찬국 선생, 장을병 선생, 이남덕 선생 등이 반대 성명[8]에 참여했다. 이남덕 선생은 그때 해직되지 않았 지만 '학원안정법'에 반대하는 데 서명했다. 교수들을 중심으로 천주교 정의평화위원회, 한국기독교교회협의회, 한국인권위원회에서 같이 반 대하는 서명을 했다.

당시 해직교수모임은 몇 사람씩 등산 가는 형식으로 평창동 산속에 모여 의논하는 것이었다. 우리 모두 감시당하는 상황에서 복직 운동을 했다. 1982~1983년에는 감시와 탄압이 워낙 심해 제대로 조직 운동은 못 했고 몰래 숨어 무슨 사건이 터졌다 싶으면 성명서가 나오고 우리는 성명서에 참여하는 정도였다.

전두환 정권 때 권력의 핵심부로 권정달과 이학봉이 있었는데, 이 학봉은 학원·문화 담당이었던 것 같다.[9] 1983년쯤에는 정권이 유화 정

8 　'학원안정법'은 1985년 8월 집권여당인 민주정의당 고위당정회합에서 제정·결정되었다. 주 요 내용은 학원 소요와 관련된 문제 학생을 6개월 이내의 선도 교육 실시, 반국가단체의 사 상이나 이념을 전파·교육하거나 그 사상이나 이념이 표현된 문서·도서·기타 표현물을 제 작·인쇄·수입·복사·소지·운반·배포·판매·취득해 학원 소요를 선동·조장하는 행위를 한 자에 대해 7년 이하의 징역이나 700만 원 이하의 벌금에 처한다는 것이었다. 다음 백과에 서 '학원안정법파동' 검색(https://100.daum.net/encyclopedia/view/14XXE0073747). 이 같은 '학원안정법'에 재야인사와 지식인들이 반대 성명을 했다.

책을 폈다. 안병무 선생, 나, 변형윤 선생 등이 이학봉을 한두 번 만나 우리의 복직을 요구하기도 했다. 그러던 중 무슨 사건이 나자 성명서를 발표하겠다고 유인물을 만들어 우리가 인사동 음식점에서 만났다. 우리가 모이는 것을 들키면 유인물을 압수당할 것 같아 내가 아침 일찍 배낭에 유인물을 넣고 산으로 갔다. 등산하는 것처럼 평창동 뒷산에 갔다 내려와 인사동 음식점으로 갔다. 음식점 이름이 '사천집'이었던 것 같다. 그런데 식당에 아는 이는 없고 형사만 와 있었다. 그곳에서 안기부 요원에게 붙들렸다. 나중에 알고 보니 모두 집에 감금되었다고 한다. 그 정도로 도청과 감시가 심했다. 유인호 선생, 장을병 선생도 나오다가 형사에게 붙들렸다고 한다. 이영희 선생도 음식점에 왔다가 나와 함께 붙들렸다. 나는 유인물을 배낭에 넣어가지고 나타났는데 안기부 요원들이 이미 짐작하고 있었다. 나를 데리고 남산 안기부 근처인 세종호텔로 가 유인물을 내놓으라고 했다. 나는 모른다고 버티며 내놓지 않았다. 그들은 나를 수색하지 않았다. 유화책을 쓰느라고 수색은 하지 않고 그저 성명서를 발표하지 못하게 하는 정도였다. 나를 구금하거나 유인물을 빼앗지는 않았다. 그렇게 나를 붙들고 가 세종호텔 어느 방에 감금시켜 조사하고 서너 시간 실랑이를 하는 데 신경 쓰고 나서 오후 여섯 시가 되

---

9   이학봉은 전두환 정권 초기 대통령비서실 민정수석 비서관이었다. 나무위키에서 '이학봉' 검색(https://namu.wiki/w/이학봉).

니 둔촌동의 우리 집까지 데려다준다고 했다. 나는 그들의 차를 타기 싫어 버스 타는 데까지만 데려달라고 해 늦게 귀가했다.

제3세계에 대한 인식과 여성한국사회연구회 창설

내가 충북대학교 허성렬 교수와 공동으로 편집해 1983년 『제3세계의 도시화와 빈곤』을 출판했다. 그 책에 영어 논문 하나를 번역해 실었다. 나중에 『분단시대의 사회학』에도 그 번역 논문을 실었다. '한국 사회에서 탄압받고 피해를 입는 사람들이 많으니 결과적으로 탄압받고 피해 입은 사람들에게 공동체가 필요하다'는 내용의 논문이었다. '공동체 이론을 역사적으로 개관하고, 공동체의 형태, 원형, 필요성을 밝히고, 우리가 공동체적인 사회로 나가야 된다'고 썼다. 대한예수교 장로회에서 자기네 교직자 모임이 경주에서 있는데 '앞으로 한국 사회가 어떻게 나가야 되느냐'에 대한 주제로 기조 강연을 부탁해 왔다. 그 부탁을 수락하고 '공동체가 필요하고 공동체적인 사회로 나가야 된다'고 썼던 논문 내용으로 강연했다.

미국에 가기 전 1983년에 내가 서대문 한국연구원에서 연구도 하고 제자들과 함께 모임도 하다가 여성한국사회연구회를 만들었다. 그때 기독교사회문제연구원에 사건[10]이 생겼다. 조승혁 목사가 원장일 때 교사들을 대상으로 하는 통일 교육 프로젝트를 운영했다. 강만길 선생

여성한국사회연구회 현판식에서

이 '분단시대의 역사인식'을 강의했고 이영희 선생도 강의했는데, 그 사건으로 조승혁 원장과 같이 강만길 선생, 이영희 선생 등이 구속되었다. 조승혁 원장은 안기부에서 조사받았다. 한국연구원 원장은 이 일이 마음에 걸렸던 것 같다. 어느 날 도서관이 비좁으니 내가 쓰고 있던 방을 내놓으라고 했다. 그 사건이 나기 전에 천관우 한국연구원 원장이 '나를 아니까 나보고 방을 쓰라'고 했다. 내가 도서관에 못 가니 연구원 연구실을 쓰라고 했다.

---

10 1983년 1월 기독교사회문제연구원 이사회에서 결정된 사업인 통일 문제 교과서 연구 사업을 '북괴 찬양'한 것으로 꾸며 조승혁 원장 외에 이영희 교수, 강만길 교수 등을 구속한 사건이다. 한승헌, 『한승헌 변호사 변론사건실록 3』(범우사, 2006), 제29장, 405쪽.

그래서 지은희와 김주숙이 연구실을 만들자고 해 제자인 사회학과 동창들과 함께 1983년 아현동에 연구실[11]을 마련했다. 여성들이 모여 한국 사회를 연구한다는 의미로 '여성한국사회연구회'라는 간판을 내걸고 해직 교수들을 초청해 조촐하게 파티를 했다. 아현동 연구실을 마련하는 데 제자 동창생들이 2000만 원인가 3000만 원을 모았다. 연구실을 마련했는데 나는 '연구를 위해 이런 방을 혼자 쓰기는 너무 아깝다'는 생각을 했다. 그러니 우리 여성들이 모여 공부도 하고 연구도 같이 하자고 했다. 그 연구실에서 여성 제자들이 모여 홍익대 정윤형 선생을 모셔서 마르크스 경제학을 배웠고 역사 공부도 하고 한문 공부도 했다. 그러면서 '학원안정법' 반대 모임, 해직 교수 모임을 우리 연구실에서 했다.

샌프란시스코 강의와 복직 축하 파티

내가 해직되었을 때 기독교사회문제연구원이라든지 기독자교수협의회에서는 우리 해직 교수들과 긴밀하게 민주화운동을 같이했다. 김용복 선생은 미국 샌프란시스코의 장로교신학대학교와 MBD(Master of

---

11 제자인 동창생들이 '굴레방 연구실'이라고 불렀다. 굴레방 다리 밑 건물 2층에 연구실이 있어 그렇게 불렀다. 이 연구회 모임이 지금은 한국가족문화원과 젠더교육플랫폼효재로 성장해 가족 연구, 성인지 교육, 성희롱 예방 교육 등을 하고 있다(엮은이 주).

Biblical Divinity)라고 하는 목회자 학위 과정을 협동으로 운영하고 있었다. 모두 영어를 잘하는 분들이 강사로 참여하고 한국 신학교 목사나 신학생들이 여름방학 때 서머스쿨(Summer School)에 가서 그쪽 강의를 듣는 프로그램이 있었다. 서광선 선생의 영향인지 누구의 제안이었는지는 모르지만, 김용복 선생의 추천으로 어렵게 미국에 간 일이 있었다.

샌프란시스코 장로교신학대학교에서 강의를 부탁해 1984년 여름 학기 서머스쿨에서 '제3세계 여성 문제'라는 제목으로 강의한 적이 있다. 샌프란시스코로 가기 위해 수속하고 여권을 받는 데 어려움이 있었다. 내가 권력에 대항해 해직당해 있는 상태인데 장로교신학대학교는 보수적인 입장이기 때문이다. 이름은 잊었지만 그때 학장이 상당히 힘을 썼다고 했다. 가까스로 여권이 나와 미국에 갔다. 샌프란시스코에서 여름 학기 프로그램을 하는 동안 내가 복직이 되었다는 소식을 받았다. 그래서 그 프로그램에 참여했던 교수와 학생들이 나를 축하해 주는 행사도 있었다.

이화여대에서는 사실 제3세계 여성에 대해 가르칠 기회도 없었다. 1980년에 해직당하고 미국에 있으면서 제3세계 여성에 대해 연구하고 강의했는데 여학생들은 몇이 없었다. 주로 미국 사람하고 아시아에서 온 사람들로 제3세계 목사와 신학생들이었는데 이들은 내 접근 방법을 좋아했다. 나는 한국의 가부장제 성격과 관련해 여성의 지위나 노동자 문제, 제3세계 여성들의 상황에 대해 굉장히 열심히 강의했는데 평이 좋왔다. 당시가 내가 환갑일 때라 돌아오자마자 환갑을 기념하는 책을 냈다.[12] 나는 1924년생 쥐띠로 샌프란시스코에 있을 당시 61세 생일이었다. 우리 클래스에 미국인 남학생이 예술적인 재주가 있었던 것 같다. 그 학생이 한국식으로 집에서 손수 쥐 모양으로 만든 케이크를 가지고 왔다. 너무너무 정성이 대단했다고 느꼈다. 그곳에서 복직 소식을 듣고 귀국해 가을 학기부터 학교로 돌아왔다.

해직과 학문적 문제의식의 변화

해직교수협의회가 시국 사건에 대해 문제를 제기했지만 복직 운동을 광범위하게 하지는 못했다. 전국적으로 86명의 해직 교수가 있었는데 주로 지방에 있어 지방대학의 해직 교수들은 자주 움직일 수 없었고, 그들이 학교로 돌아가기 위해 밉보여서는 안 되니까 복직 운동을 적극적으로 하기 어려웠고 일부는 참여하기를 꺼렸다. 현영학 선생의 부인도 복직 운동에 반대했고, 서광선 선생이 모임에 가끔 오셨지만 열심히 하지는 않으셨다. 백명희 선생, 백제봉 선생 등도 처음부터 참여하자고 하면 반응이 없었다. 이화여대에서는 다섯 명이 해직되었는데, 서광선 선생하고 나 정도가 활동했다.

---

12 이효재 엮음, 『가족 연구의 관점과 쟁점』(까치, 1988).

복직 운동이라는 것이 어디 가서 시위할 상황이 아니니까 엉성하게나마 조직을 만들어 전두환 정권에 압력을 가하는 정도였다. 1983년에 이학봉을 만나기도 하고, 유화 제스처를 보여주면 복직되지 않을까 하는 희망을 우리가 가져보기도 했다. 지금 생각하니 내가 둔촌동으로 이사했을 때 이명현 선생이나 이상신 선생 등 젊은 교수들이 우리 집에 놀러 오기도 했다. 학생들을 만나면 꼭 2차, 3차까지 가서 술을 마시기도 하고, 김진균 선생, 장을병 선생 등을 포함해 우리가 열심히 뭐 한 것은 없는데 열심히 모이고 만났다. 침울한 상황에서 모두 그때가 제일 재미있었다고 했다. 이명현 선생도 교수 노릇한 것을 통틀어 그 시기가 제일 재미있었다고 했다. 그저 매일 만나면 술이나 마시고 돈이 없으니 싸구려 술집에 가서 모이고 남자들은 2차, 3차도 가고 화가 나니까 화풀이를 그냥 술로 했다.

해직당해 있으면서 나는 개인적으로 1970년대 이후 서서히 여성학적인 입장에서 가부장제를 국가 구조의 성격과 결부시켜 보는 입장, 그리고 제3세계 시각에서 노동여성 문제나 분단 문제를 보는 입장이 더 분명해졌다. 1970년대부터 여성 문제와 노동 문제 그리고 분단 문제를 보는 내 입장이 서서히 변화되었고, 1980년대에 더 분명해져 글로 정리하기 시작하면서 여성학을 중심으로 연구했다. 『여성학 입문』 같은 책을 하나 써야겠다고 해서 준비도 하고, 여성노동 문제, 노동 문제에 관심을 가지고 노동여성 문제를 연구했다.

이화여대 복직과 변화된 학교 분위기

이화여대에 복직한 후 학생들의 변화를 보면, 1970년대 후반에 군
사정권에 맞서 학생들이 시위할 때 학교 다리 앞까지 나가려는 것을 김
옥길 총장이 막았다. 김 총장은 자기 동생이 구속된 상태에서 학생들의
입장을 이해했다. 서울의 봄 시기에는 각 대학 학생들이 공부 대신 데모
를 했다. 1980년 초는 전두환 정권이 집권하고 나서 사회 모든 분야가
탄압을 받던 상태였다. 정의숙 총장도 불안을 느껴 전두환 정권에 많이
호응했다. 국회를 해산하고 국가보위비상대책위원회[13]를 만들었는데,
김행자 교수와 정 총장이 국보위 위원으로 참여했다. 이화여대가 학생
운동이 심했고 해직 교수도 다섯 명이나 되니 정 총장이 불안했던 것 같
다. 정 총장은 국보위에 참여하며 교내 학생운동을 억누르기 시작했다.
내가 복직하고 보니 계속해서 대학생들의 시위가 치열하게 일어났다.
이화여대에서도 학생회 조직이나 학생 활동이 굉장히 활발했다.

---

13 약칭 '국보위'라고 한다. 1980년 5월 전국 비상계엄하에 설치된 국보위는 전두환을 중심으
로 하는 신군부 강경 세력으로 구성되었다. 같은 해 8월 최규하 대통령이 하야하고 통일주
체국민회의에서 전두환 국보위 상임위원장이 11대 대통령으로 선출되었다. 이후 국보위는
국가보위입법회의로 개편되어 신군부의 원활한 민정 이양을 위한 모든 조처를 마련한 후
11대 국회 개원과 함께 해산했다. 다음 백과에서 '국가보위비상대책위원회' 검색(https://
100.daum.net/encyclopedia/view/b02g2388a).

1980년 초반에 이화여대 학생들의 전체 분위기가 굉장히 들떠 있었다. 여성평우회를 조직하고 여성해방을 부르짖고 할 때였다. 이화여대 자체가 내가 복직된다는 데 굉장히 긴장했던 것 같다. 사회학과 선생들이고 누구 하나 나를 보고 "선생님, 그동안 얼마나 고생했어요. 와서 반갑습니다"라고 인사하는 사람이 없었다. 내 방에 누구 하나 찾아오는 사람도 없었다. 그런데 고려대에서는 달랐다고 했다. 고려대에서는 이름이 무엇인지 기억이 잘 안 나지만 경제학과 교수가 해직을 당했다가 돌아오니까 학교에서 의자 세트까지 들여다 놓아주는 등 분위기가 달랐다고 했다. 이화여대는 냉랭했고 벌벌 떨었던 것 같다. 사회학과 교수들이 내 방에 찾아오는 것마저 눈치를 보는 상황이었다고 느꼈다.

그러나 내가 맡은 사회학개론이나 사회학 클래스에는 학생들이 많이 수강했다. 본관 3층 대강의실에서 수업했더니 학교에서 긴장했던 것 같다. 내가 무슨 강의를 하는지 내용을 엿듣는 것 같았다. 사실 나는 마르크시스트가 아니지만 마르크시즘이나 계급론을 가르쳤다. 나는 '인간의 역사 발전은 반드시 유물사관에 따른 계급투쟁에 의해서만 이루어진다'고 도식적으로 가르치지 않았다. 마르크시즘은 사회변동, 사회변화의 이론 중 하나라고 가르쳤다. 내가 주장한 것이 아니기 때문이다. 그리고 한국 사회에 대한 비판은 민주주의 이론의 입장에서 사회 민주화를 주장했다. 여성학은 '우리가 가부장제를 비판하고 극복해야 된다'고 가르쳤다. 나는 내 입장에 대해 불안이나 두려움 없이 당당했다.

1985년 '학원안정법' 반대에 내가 이화여대 교수들을 참여시키려 했다. 나 이외에 겨우 이남덕 선생이 참여했다. 연세대 학생 이한열이 죽기 전 세브란스병원에 입원해 있었다. 내가 이한열 열사를 돕자고 이화여대에 모금하는 박스를 만들어 식당에 가져다놓았더니, 누가 그것을 치웠다. 1970년대에는 동일방직의 여성노동자와 조화순 목사를 돕기 위해 내가 대학 내 여러 선생들한테 모금을 받았다. 1980년대에는 운동권 학생들을 위해 늘 모금을 했다.

1970년대에는 동아일보사 광고탄압사건이 있었다. 그래서 ≪동아일보≫에 이화여대 교수 광고를 내기 위해 돈을 거두었는데, 그때만 해도 나는 순진해서 다른 교수들도 나와 같은 입장인 줄 알았다. 이숙례 선생에게도 모금 이야기를 해서 20~30명으로부터 모금을 받아 동아일보사에 보낸 적이 있다. 나중에 이 일을 두고 이숙례 선생이 막 화를 내서 내가 모금한 돈을 도로 돌려주었던 기억이 난다. 이화여대에서 돈을 거두고 성명을 받는 것은 늘 내 담당이었다. 1980년대에는 여기저기 대학생들이 투신해 죽는 사건이 많았다. 그때 마음 아픈 것은 말할 수가 없었다. 그럴 때마다 시위를 하고는 했다.

1987년 6월 민주항쟁과 민교협 그리고 한국여성민우회 참여

1987년 6월 민주항쟁 때 시위를 열심히 했다. 우리 희경 씨도 시위에 참여했다. 그때 나는 해직되었다가 복직되었고 기독자교수협의회 회원이었다. 한국여성단체연합, 한국여성민우회 등의 여성운동 조직이 생기고, 또 무슨 사건이 날 때마다 대책을 위한 조직이 생겼다. 이렇게 조직에 직접 가담해 서명할 때마다 참여했다. 학생들이 투신자살을 해 장례식을 치를 때 명동성당에도 많이 갔다. 우리 희경이가 우리 어머니 영향을 받아 천주교만 가는 것도 이단에 속한다며 싫어했는데, 나하고 민주화운동을 하면서 천주교에도 왔다 갔다 하다가 많이 변했다. 그렇게 명동성당에도 열심히 오고 가고 했던 것이 기억이 난다. 이어서 치러진 1987년 대선에서 나는 단일화를 주장하는 입장이었다.

해직교수협의회가 뭐 한 것은 없는 것 같다. 크게 해야 할 일도 없었다. 그리고 민주화를 위한 전국교수협의회(민교협)가 생겼다. 민교협을 조직하는 데 김진균 선생, 김세균 선생, 오세철 선생들이 주도적인 역할을 했다. 1983년 여성평우회가 조직되었는데 조직 참여를 40세 미만으로 제한한다고 들었다. 함께하고 싶었지만 그때 나는 해직당해 있었고 나이에 걸려 참여하지 못했다. 조형 선생은 참여한 것으로 알고 있다. 여성평우회가 해체된 후 한국여성민우회가 만들어졌다. 여성민우회가 조직되자 여기에 참여했다. 여성민우회가 본격적으로 조직되기 전 은평구 홍영주 집에서 여러 번 모였다. 여성민우회를 조직할 때 한편에서는 여성노동 문제에 초점을 두어야 한다고 하고, 다른 한편에서는 여성민우회를 만들려고 했던 사람들이 주부들이니 주부 중심이 되어야 한다고 했다. 이 두 주장을 양립하는 것으로 해 1987년 여성민우회가 만들어졌다.

생활협동조합 운동과 소비자 운동

1980년 중반 여성평우회가 해체된 후 여성평우회의 시니어 멤버들이 중심이 되어 한국여성민우회가 만들어졌다. 그들은 나에게 회장이 되기를 요청했다. 여성민우회는 민주주의와 여성해방을 주된 목표로 하는 여성 사회운동 단체였다. 여성민우회에 여성평우회 출신의 젊은 사람들이 있어 노동 문제를 중심 과제로 해야 한다는 논란이 꽤 있었던 것으로 알고 있다. 여성민우회 회원들 대부분이 생산직 노동자가 아니기 때문에 아무래도 사무직 노동자로 직접 경험이 있는 회원들이 있어 사무직 노동자 문제를 다루었다. 그런데 활동가와 회원이 대부분 주부였기 때문에 결국 주부들을 어떻게 조직하느냐, 주부들의 현실에 뿌리를 내리면서 조직 활동이 지속될 수 있고 실천이 가능하다는 것을 보여야 했다.

그때 마침 이화여대 서클 새얼 출신으로 한살림의 활동가였던 서혜란이 한살림을 떠나 새 활동을 모색하고 있었다. 이옥경이 서혜란에게 여성민우회에 주부 중심의 생활협동조합을 만들자고 제의했다. 서혜란과 여성민우회의 주부 회원들이 주축이 되어 여성민우회의 생활협동조합이 탄생했다. 여성민우회 생활협동조합은 현실 사회에 뿌리를 내려야 조직 활동이 지속되고 실천이 가능하다고 주장하며, 무공해 식품 등 식탁의 먹거리 문제와 공해 문제에도 관심을 넓히며 가정주부를 '사회 주부'라는 개념으로 바꾸었다. 그래서 여성민우회는 대중적이고 생태적인 여성운동으로 성장했다. 서혜란이 생활협동조합의 초대 이사회를 조직하는 데 나를 참여시켜 내가 생활협동조합의 초대 이사장이 되었다.

내가 이스라엘에 갔다 오고 나서 협동조합 운동에 관심이 생겼고, 서울여대 고황경 선생도 농촌 운동과 더불어 소비자 운동, 생활협동조합 운동에 관심이 많아 서울여대에서 처음으로 소비협동조합을 시작했다. 서울여대 출신의 송보경이 그 세대다. 1970년대 마포구 합정동에 박 모라는 분이 협동조합 교육원을 만들었다. 송보경이 졸업하고 협동조합 교육원 직원으로 일했고, 서혜란도 그 일을 하며 협동조합 일에 관심을 갖게 되었다. 그 무렵 강원도에서 장일순 씨의 영향으로 생활협동조합 운동이 먼저 시작되었다. 그리고 박재일 씨가 1980년대에 와서 한살림 운동을 했다.

내가 여성민우회에 처음 참여할 때, 이미경이 총무를 맡다가 한국여성단체연합이 조직되자 그곳으로 갔다. 여성민우회가 정식 조직화되기 전에 이옥경, 김상희, 이경숙 등을 중심으로 비공식적인 모임이 꽤 있었다. 사실 여성민우회를 조직할 때 자발적으로 재정을 마련해야 한다고 해서 시일이 조금 걸렸다. 우리는 자립적인 민간 조직으로서 여성 조직을 만들려고 했다. 예전에 한국여성단체협의회는 회장이나 창립자가 사재를 털어 조직을 만들어 민주적인 여성조직이 될 수 없었다. 자발적이고 주체적인 조직이 되어야 한다는 문제의식에서 이옥경이랑 사무실을 마련하는 데 각자 분담하고 나도 함께 참여한다는 의미에서 재정 마련을 위해 800만 원을 냈다.

여성민우회의 생활협동조합은 주부 문제를 주요 이슈로 하면서 소비자생활협동조합 조직을 다루었다. 국내에서 소비자생활협동조합은 매장을 중심으로 하는데, 우리는 매장 중심이 아니고 일본 여성들이 하는 것처럼 매장이 없는 생활협동조합의 형태로 소그룹을 조직했다. 그래서 우리가 일본에 견학을 가고 일본 자료를 모아 이용하며 생활협동조합을 조직한 것이다. 그때 우리가 많이 보던 책이 『부엌에서 세계가 보인다』(1989)였다. 이 책을 여성민우회에서 번역했는데, 그 영향력이 꽤 컸다.

일본에서는 『부엌에서 세계가 보인다』를 통해 여자들이 생활협동조합 운동을 기반으로 지방의회에 많이 진출했다. 생활협동조합 운동을 하던 여성들은 사회당, 공산당보다 새로운 대리인 제도를 만들어 실제로 지방의회에 많이 진출했다. 지방의회에 남자들보다 여자들이 더 많이 진출했다. 사회당과 공산당이 합법 정당이었기 때문에 사회당 계열 여성들도 지방의회에 훨씬 많이 진출해 있었다. 우리와 정치 풍토가 달랐다. 여성의 정계 진출이 필요한데 당시 우리 현실은 여성들이 당을 만들거나 정치 조직을 형성하기가 현실적으로 어려웠다. 그래서 여성 단체가 여성 정치 세력의 교두보가 되어 여성들이 정계에 진출할 수 있도록 협력하고 뒷받침해 주는 지원 조직으로 역할을 하고, 좀 더 계획적으로 여성 인재를 길러야 했다. 일본의 여성 지방의회 진출 사례를 모델로 우리나라에서도 여러 지방으로 확대하기 위해 나는 우리의 사회교육, 여성 사회교육이 필요하다고 생각했다.

한국여성사회교육원 창설과 한국여성단체연합 참여

여성한국사회연구회가 독립하기 전부터 나는 김주숙, 지은희와 독일 아데나워 재단(Konrad Adenauer Stiftung)에 프로젝트를 신청해 사회교육 프로그램을 시작했다. 첫 프로그램으로 여성을 계층별로 나누어 농민 여성, 생산직 여성, 주부, 일반 여성 등을 대상으로 정치의식을 높이는 교육교재를 개발하고 실험 교육을 했다. 이처럼 사회교육 프로그램은 일본 생활협동조합 운동의 영향력도 있었고, 민주화는 지방자치제가 전제되어야 하므로 여성 교육과 사회교육에 관심을 가졌다. 여성한국사회연구회에서 독립해 1992년에 한국여성사회교육원[14]을 만들

---

14 1992년 서울에 한국여성사회교육원이 창립된 후 1995년에 부산여성사회교육원, 2003년에

한국여성사회교육원 창립대회에서
(1992년)

면서 세 개 지역을 선정해 여성을 조직했다. 그 시기에 맞는 좋은 모델

이었고, 좋은 연구를 했고, 좋은 자료도 만들었다.

　실제로 한국여성사회교육원에서 여성의 지방의회 진출을 어떻게

할지를 두고 논의했다. 사회교육 전문기구로서 한국여성사회교육원은

여성 후보를 대상으로 교육도 했다. 한국여성민우회 회원 중에서 우리

가 지방의원 후보로 나갔으면 하는 회원이 안 나간다고 해서 각 지역 여

성민우회를 통해 격려도 하고 압박도 하며 후보를 발굴했다. 후보를 지

원하는 것은 여성민우회가 맡고 후보자를 대상으로 하는 교육은 한국

여성사회교육원에서 했다. 후보자 발굴은 여성민우회뿐만 아니라 한

대구경북여성사회교육원과 창원에 경남여성사회교육원이 조직되었다. 부산여성사회교육
원은 처음에 서울여성사회교육원의 지부 형태로 창립한 후 1997년 사단법인으로 독립해 별
도 조직으로 운영하고 있다. 대구경북여성사회교육원과 창원의 경남여성사회교육원은 2003년
서울여성사회교육원의 지부 형태로 창립되었다(엮은이 주).

국여성단체연합과 역할을 분담하며 여성들을 정치사회로 진출시켰다.

나는 여성민우회의 초대 회장과 생활협동조합 이사장을 했다. 그다음에 한명숙 선생이 여성민우회 회장을 했는데, 한 선생이 과거 일인 크리스찬아카데미사건[15]으로 자꾸 사양했다. 크리스찬아카데미사건으로 자기가 나설 수 없으니 나보고 계속해서 여성민우회 회장을 하라고 했다. 하지만 젊은 세대가 실세가 되어야 한다고 내가 적극적으로 말해 그다음 회장을 한명숙 선생이 맡았다. 초대 여성단체연합 회장은 이우정 선생이 맡았고, 내가 여성민우회 회장을 마친 후 1990년에 여성단체연합 회장을 했다.

내가 여성단체연합 회장을 하고 이미경이 상임 부회장을 하면서 여성단체연합을 어떻게 민주적인 조직으로 운영할지 굉장히 골몰했다. 이미경이 조직 활동에는 귀재니까 조직 활동에 대해 배우기도 하고 참여하기도 했는데 당시 나는 너무 힘들었다. 이미경은 이 사람과 저 사람의 아이디어를 일일이 듣고 잠도 자지 않고 개별적으로 만나 대화하면

15　1979년 3월 9일 중간집단 교육 프로그램 여성사회 분과 간사 한명숙의 연행으로 시작해 농촌사회 분과 간사 이우재, 황한식, 장상환, 산업사회 분과 간사 김세균, 신인령 등과 더불어 정창렬(한양대 교수)이 구속된 공안사건이다. 중앙정보부는 이 사건을 불온사상을 유포한 불법 지하 용공 서클 사건으로 규정했으나 항소심에서 용공 서클 혐의는 무죄로 판명되었다. 『한국민족문화대백과사전』에서 '크리스찬아카데미사건' 검색(http://encykorea.aks.ac.kr/Contents/Item/E0075865).

서 서서히 합의를 이끌어냈다. 희한하다고 느꼈다. 여성단체연합이 조
직을 민주적으로 이끌어가는 전통을 세운 것이다.

다시 시작한 가부장적 '가족법' 개정 운동

1990년대에 '가족법' 개정 운동을 다시 시작했다. '가족법' 개정 운동
은 1970년대부터 한국여성단체협의회에서 했지만, 1990년대에는 한
국여성단체연합과 한국여성단체협의회가 함께 범여성가족법개정위
원회를 만들었다. 1970년대 이숙종 선생이 여성단체협의회 회장일 때
범여성가족법개정위원회를 만들었지만, 여성단체협의회는 정권의 눈
치를 보고 늘 권력과 타협했기 때문에 1980년대에 들어서도 주춤하는
입장이었다. 그러던 중에 1980년대 민주화운동 과정에서 김대중 총재
나 김영삼 총재의 활약이나 세력이 강해지고, 민주화운동에 참여한 여
성들의 개혁적인 의식이 성장해 '가족법' 개정을 요구하는 일반 여성들
의 목소리가 상당히 늘어났다.

범여성가족법개정위원회를 조직하고 나하고 한명숙 선생하고 이
경숙 씨가 김영삼 통일민주당 총재를 찾아가는 등 여성운동 쪽에서 '가
족법' 개정을 강력히 추진했다. 이태영 선생도 여러 해 동안 '가족법' 개
정을 많이 주도했다. 제13대 국회는 여소야대 국회였고 그때만 해도 민
주화의 열기가 강력해 평화민주당 의원인 박영숙 씨가 국회 안에서 의

원을 상대했고 김대중 평민당 총재가 '가족법' 개정안에 찬성했다. 여성
단체협의회와 여성단체연합이라는 두 세력이 힘을 합쳐 '가족법' 개정
을 이루었다는 것은 여성운동사에 중요한 지평을 연 사건이다. 30여 년
투쟁해 여성의 친권과 재산 분할권을 얻어낸 것이다. 여성의 힘으로 '가
족법'을 개정하는 대단한 선례를 남긴 것이다.

한국정신대문제대책협의회 창설과 평화운동

　한국정신대문제대책협의회(정대협) 운동은 1991년에 조직되었다.
정대협 활동은 1990년부터 시작했다. 한국여성단체연합하고 한국교회
여성연합회가 같은 건물에 사무실이 있었다. 1988년 교회여성연합회
의 아시아 지역 기독교 여성들이 제주에서 국제 매매춘을 가지고 세미
나를 주최하는데, 내가 교회여성연합회의 윤영애 총무한테 윤정옥 선
생 이야기를 했다. 윤 총무가 "현대적인 국제 매매춘하고 일본군 '위안
부' 문제를 연결시킬 수 있다"라고 좋아하면서 윤정옥 선생을 초청해 강
연을 들은 것이 정대협 운동의 계기가 되었다. 일본 YWCA 여성들도 교
회 여성들의 의견을 받아들여 윤정옥 선생을 일본군 '위안부' 관련 강연
자로 초청해 윤 선생이 일본에서 강연을 했다. 윤정옥 선생[16]이 교회여

---

16 "윤정옥 선생님이 수년에 걸쳐 남태평양의 여러 나라에 있는 위안소에 대해 자비를 들여 연

윤정옥 선생과 함께한 정대협 개소식

성연합회 회원들을 데리고 일본 오키나와를 왔다 갔다 하면서 이화여
대 여성학과 대학원생이었던 야마시타 영애(山下英愛)를 중심으로 정신
대문제연구회를 만들었다.

그 무렵에 윤영애 총무가 주동이 되어 주한 일본 대사를 통해 몇 개
항목의 우리 요구를 일본 정부에 제출하고 회답을 요구했다. 1990년에
윤정옥 선생, 나, 윤영애 총무, 김혜원 씨가 일본 대사관에 항의 방문을
했다. 그때 사진도 남아 있다. 주한 일본 대사한테 우리가 일본 정부에
요구하는 성명서를 가지고 갔다. 1990년에 윤정옥 선생이 일본에 가서
우리 요구에 대한 답변을 요구하는 과정에서 일본 국회의 시미즈 스미

구했고, 당시 이효재 선생님이 ≪한겨레신문≫에 말해 윤정옥 선생의 연구 활동들이 3회에
걸쳐 실렸다. 이것이 가장 크게 일제강점기 정신대의 존재를 대중에 알리게 된 계기다"(이
미경 전 국회의원의 증언).

코(淸水澄子) 씨하고 모토오카 쇼지(本岡昭次) 씨가 이에 대해 질문했다는 사실을 일본 쪽에서 우리한테 보내왔다. 노태우 대통령이 일본에 가니까 내가 적극적으로 조직을 만들 필요가 있다고 했고, 이미경도 윤정옥 선생의 연구 활동으로는 일본군 '위안부' 문제를 해결하는 데 한계가 있다고 해서 정대협을 만들었다. 내가 여성단체연합 회장으로서 정대협 공동대표가 되었다. 1990년대에 들어오면서 나는 여성운동을 민족 문제와 관련시켜 통일운동이 중요한 과제라고 생각해 여성·통일 운동의 일환으로 평화군축협의회를 조직했다.

한반도 통일을 위한 평화군축협의회

1993년 휴전협정 40주년일 때 아카데미하우스에서 한반도 통일을 위한 평화 군축 세미나를 열었다. 정부에서 북방외교 정책을 쓰기 시작하고 남북이 만나는데, 민간에서도 군축 문제나 휴전협정을 어떻게 평화협정으로 바꿀지 연구하는 게 중요함을 알게 되었다. 그래서 평화 군축 관련 세미나를 개최하고 난 후, 이미경하고 '312선언'을 하면서 평화군축협의회를 발족했다. 이는 평화군축협의회가 앞으로 무엇을 할지에 대한 의견을 취합하기 위한 것이었다. 이런 과정에서 한국여성단체연합이 주도적으로 역할을 맡아 실무를 진행했다. 나는 운영위원회 대표였고 실무는 이미경이 하며 여러 단체가 참여했다. 여성단체연합, 민예총(한국민족예술단체총연합), 천주교(정의구현사제단), 한국기독교사회운동연합, 인의협(인도주의실천의사협의회), 민변(민주사회를 위한 변호사모임) 등이 참여했다. 또한 개인들도 참여해 312명의 개인 명단으로 '한반도의 군축과 평화통일을 위한 선언'을 했다. 선언 초기에는 개인별로 했다가 나중에 조직이 참여했다. 이런 움직임이 계속되지 못한 것은 미국이 1994년 북한 핵 사찰 문제를 들고 나왔기 때문이다.

평화군축협의회가 만들어진 후 여성단체연합이 주도적으로 실무를 보면서 남녀를 함께 아우르는 군축·평화 운동 조직체를 만들었다. 나는 남북 간에 기본합의서가 채택되었으니 그대로 실천될 줄 알았다. 북쪽에서는 인준을 받았는데 우리 국회에서는 인준이 안 되었다. 남북간 정치적인 냉각기에 국회에 제출도 하지 못했던 것으로 알고 있다. 내막을 알고 보니 미국의 압력이 있었던 것 같다. 우리가 너무 앞서간다는 것과 미국에서 국제원자력기구(International Atomic Energy Agency, IAEA)를 통해 핵 사찰 문제를 들고 나온 것이다. 1992년부터 정치적으로 냉각되니 기본합의서가 유지될 수 없었던 것이다.

노태우 대통령의 북방정책은 소련과 중국하고는 관계를 유지하지만 북한하고는 관계를 열 수 없게 되어 있었다. 사실 노태우 정부가 북한을 방문하고 북한 여성을 초청하는 일을 허가해 주어서 우익 쪽의 굉장한 압력을 받았다고 한다. '여성단체연합만 북한에 가게 하고 남북 여성 모임을 주관하게 하느냐'라며 보수 진영인 여성단체협의회가 청와대에 가한 압력이 이만저만하지 않았다고 한다. 지나고 보니 우리가 북한에 가기 직전인가, 북한 여성들이 오기 직전인가, 임동원 통일원 차관이 나하고 이우정 선생을 만나자고 해서 올림픽호텔에서 만났는데, 임차관이 정부 쪽 사람인데도 우리보다 통일에 대해 앞선 소리를 해서 내가 깜짝 놀랐다.

"아시아의 평화와 여성의 역할" 남북 여성 토론회

1990년대로 들어서면 지방자치가 실시되고, 여성들이 여성 문제를 인식하게 되고, 여성의 사회의식화를 위한 여성 교육 조직 운동이 생기게 되었다. 한편 우리는 분단사회 문제에 관심을 가져 분단을 극복하고자 여성단체연합 내에 통일운동인 조국통일위원회를 조직했다. 노태우 정권이 들어서자 북방정책이 강화되었다. 1972년 7·4 남북공동성명 이후에 1991년 남북기본합의서를 작성하는 과정에 여성들이 참여하면서 군축 문제, 평화적인 군축 문제를 제기했다. 이우정 선생이 주도권을 가지고 남북 여성들이 만나 평화통일의 기회를, 아시아 평화에 기여해야 된다는 뜻에서 시미즈 스미코 일본 사회당 여성 의원과 접촉해 중재 역할을 해달라고 해서 남북 여성과 일본 여성들이 함께 만날 수 있는 기회를 1991년에 만들었다. "아시아의 평화와 여성의 역할"이라는 주제로 토론회를 열게 되었다.

토론회를 위한 집행위원회의 공동대표는 나하고 이우정 선생하고 윤정옥 선생이 맡았는데, 여성단체연합을 중심으로 추진한 것이었다. 어느 정도 계속할지 모르니까 일종의 임시 집행위원회처럼 만들어 제4차 토론회까지 했다. 제5차 토론회는 미국의 북에 대한 핵 문제 사찰에 따라 남북 간의 정치적 관계가 냉각되어 이루어지지 못했다.

남북 여성 토론회 진행은 먼저 북쪽 여성 대표들이 서울로 왔다. 일본 도쿄에서 제1차 토론회(1991년 11월)를 했고, 제2차 토론회(1992년 3월)는 북쪽 여성들을 서울로 초청했다. 제1차 토론회에서 내가 "아시아의 평화와 여성의 역할"이라는 주제를 놓고 관념적인 측면에서 발표했다. 일본군 '위안부' 할머니들이 증언자로 참여했고, 이 문제를 대일 관계에서 우리 민족의 문제이자 역사적인 문제로 인식하고 남북 여성이 함께 해결해야 한다는 것으로, 일본군 '위안부' 문제가 화두가 되었으나 더 이상 진전은 없었다. 나중에 알고 보니 여운형 선생의 딸이자 여연구 선생의 동생인 분이 죽었기 때문에 그들이 빨리 돌아가야 했다고 한다. 서울 토론회가 내가 기대했던 것보다 성과가 없었다는 생각이 든다. 하지만 나중에 이에 대한 평가를 어떻게 했는지는 기억나지 않는다.

이미경과 진보 진영 여성들은 여성노동 문제, 남한의 자본주의와 관련한 계급의 성격과 문제 등 남쪽 여성들의 노동 상황을 남북 토론 주제로 정했다. 통일 사회에서 우리 여성들이 계급론적 입장에서 여성 평등을 주장하는 북쪽의 사회주의나 공산주의 이념하고 어떻게 접점을 모

북쪽 여연구 선생(오른쪽에서 세 번째
안경 쓴 이)과의 첫 만남(1991년 11월)

색할 수 있을 것 같았다. 그래서 그런 내용으로 공동 논문을 작성했으나 무엇인지가 뚜렷하지 않았다. 관념론적으로 쓴 논문을 내가 읽었다.

북쪽에서 열리는 제3차 평양 토론회(1992년 9월)[17]를 위해 남쪽 대표단을 구성하면서 정부하고 타협할 수밖에 없었다. 대표단 구성의 3분의 1인지 절반인지가 잘 기억나지 않지만, 3분의 1 정도를 정부에서 추천한 것 같다. 당시 한국여성개발원(현 한국여성정책연구원) 원장을 하던 권영자 씨를 위시해 나중에 숙명여대 총장이 된 이경숙 씨, 고려대 모 교수, 국제정치학을 하며 남북 관계로 정치학 박사학위를 하고 안기부에

17 제3차 평양 토론회는 다음과 같이 세 가지 주제로 주제 발표와 토론이 있었다. 참고로 제4차
   토론회는 다시 일본 도쿄(1993년 4월)에서 열렸다(엮은이 주).
   1주제 "민족 대단결과 여성의 역할"(북측 발제, 이효재 토론)
   2주제 "일제의 조선 침략과 지배, 전후보상문제"(북측 발제, 윤정옥 토론)
   3주제 "평화창조와 여성의 역할"(이우정 발제, 북측 토론)

서 통일 관련 연구를 하고 있던 사람[18] 등 정부 쪽에서 몇 사람이 같이 갔다.

"아시아의 평화와 여성의 역할"이라는 주제로 민간 여성단체 대표들이 판문점을 통해 남북을 오고 간 것은 분단 이후 처음이었다. 정부 차원에서는 많이 오고 갔을 것 같다. 그때가 바로 평양과 개성 간 고속도로를 북쪽이 개통했을 때다. 새로 개통한 고속도로를 우리가 처음으로 자동차로 개성에서 평양까지 달린 것이었다. 판문점에서 개성까지는 북쪽에서 벤츠 자동차와 버스를 가지고 마중을 나와 우리를 데리고 갔다. 남북 여성과 일본 여성이 함께 만나고 보니 그야말로 공통의 과제가 일본군 '위안부' 문제였다. 자연스럽게 일본군 '위안부' 문제가 의제로 떠오르게 되었다. 이에 윤정옥 선생이 크게 기여했고, 결국 우리가 정신대로 끌려간 피해 할머니들이 증언할 수 있도록 도왔다.

북쪽 여성들은 민족주체성을 강조하는 입장에서 "남북 여성들이 통일을 위해 조직되어야 한다"라고 주장했다. 그때 누가 주제 발표를 했는지는 기억이 잘 안 난다. 아무튼 그들은 '통일을 위한 남북 여성 조직'을 제안했다. 그래서 내가 "그런 조직을 제안하셨는데 우리도 적절하다고 보고 기쁘게 생각한다. 단, 우리 현실이 분단된 상황이기 때문에 조직만 해놓으면 무엇하느냐. 진짜 조직으로서 어느 정도 활동할 수 있는

---

18 이분은 1979~1980년 국회부의장을 지낸 민관식 씨의 며느리다(엮은이 주).

현실성, 가능성이 있을 때 조직해야지 조직만 해놓고 일할 수 없다면 의미 없는 것 아니냐. 지금은 시기상조다"라고 은근히 거절하는 발언을 했다. 그랬더니 같이 따라간 안기부 요원이 나한테 "선생님, 그 소리 너무 잘하셨다"라고 했다.

정부 쪽의 추천을 받아 온 사람들은 우리를 완전히 친북 단체로 보고 북쪽에서 제안하는 것에 그대로 호응하는 입장인 줄 알았다가 아니니까⋯⋯. 이우정 선생도 그렇고 우리가 얼마나 온건한데⋯⋯. 우리가 정부에서 생각하듯이 친북 주체성에 그대로 호응하는 친북 단체가 아니라는 것을 자기들이 알았다고 했다. 정부 쪽은 북쪽 여성들과 우리가 하는 대화를 통해 우리 입장이 여러 가지를 종합하는 데 의도가 있다는 생각을 했고 한쪽으로 너무 과격하고 급진적으로 기울어지지 않았음을 느꼈다고 했다.

김일성 주석을 만나다

북한이 가부장적인 사회주의국가라는 것을 남북 여성 토론회를 통해 확신하게 되었다. 나도 남쪽 신문을 통해 '북쪽을 부정적으로 선전하는 것이 아닌가'라고 우리 정부를 의심하기도 했는데, 북쪽 사람들하고 대화해 보고 북쪽 분위기를 여러 가지로 보니 '그게 아니구나'라는 것을 느꼈다. 가부장적 요소가 강한 북쪽 여성들의 모습에서 진짜 유교적인

정숙함, 남쪽에서는 이미 없어진 우리 전통적인 순수함, 며느리로서의 여성다움, 여성이 이중적인 역할을 하며 그것을 미덕으로 생각하는 모습 등 '사회주의국가가 이럴 수 있나'라고 느꼈다. 이미경에게 "여기가 가부장제 사회주의국가다"라고 했더니 북쪽의 보수적인 여자들이 들으면 좋아하지 않는다고 했다.

북쪽의 정명순 씨만 해도 엥겔스(F. Engels) 이론이라든지 사회주의 여성해방론을 몰랐다. 그 전 세대로 남쪽에서 올라간 일제강점기 사회주의 여성들은 사회주의 여성해방론을 알았던 것 같다. 허정숙 세대는 이미 죽고 해방 이후 출생한 세대가 정명순 세대다. 홍선욱도 완전히 주체사상의 입장에서 북쪽의 국가사회주의나 가부장제에 대한 비판 없이 교육받고 의식화되어 안주하고 살아가는 세대라 완전히 민주화를 하지 않고는 힘들다는 생각이 들었다.

북한에 갔을 때 김일성 주석이 우리 대표단과 만났다. 대표단 전체가 만난 것은 아니고 우리 쪽에서 이태영 선생, 나, 우리 공동대표 서너 명, 이렇게 대여섯 명이 큰 접견실에서 만났는데, 그때 이미경도 함께했다. 김 주석과 한 번 회담한 것이다. 우리가 초청해 준 데 대한 감사 인사를 했다. 이태영 선생은 굉장한 민족주의자이기 때문에 젊은 세대하고는 또 다른 김 주석에 대한 존경심이 있었다. 이태영 선생이 우리로서는 감히 할 수 없는 고마움을 표시하는 발언을 김 주석에게 했다. 구체적으로 나눈 얘기는 별로 없었으나 윤정옥 선생이 금강산에 갔다가 삭도(케

제3차 평양 토론회에서 김일성 주석과
함께(1992년 9월)

평양 만경대인민당에서

이블카)를 설치한다는 소식을 듣고 삭도 설치에 반대하는 발언을 했다.
그랬더니 '감히 김일성 주석 앞에서 반대하는 소리를 했다'는 것이 북쪽
여성들에게 충격이었던 것 같다. 그것이 뒷말이 되었다. 그런데 김 주
석은 그것을 아주 긍정적으로 받아들이고 금강산의 자연을 훼손한다고
삭도를 놓지 않았던 것으로 알고 있다. 그때 윤정옥 선생이 "시대에 따
라 시대적인 요청으로 노인이나 약자들을 위해 놓을까 생각하다가 필
요하다고 판단해 우리한테 자랑삼아 자기들 계획을 밝혔던 것 같다"라
고 했다. 그런데 윤정옥 선생은 금강산이 자기 고향이었고 출생지였다.
그러니 금강산에 대한 애정과 더불어 삭도를 놓으면 환경이 파괴되어
좋지 않다고 반대한 것이 그이들한테 굉장한 충격이 되었던 것 같다.

우리가 떠나는 날 아침 갑자기 오찬에 초대한다는 소식이 왔다. 우리 쪽에서 "아무래도 민족 지도자를 만나니까 한복을 입자"라고 했는데, 조형 선생과 다른 사람들이 "그렇다고 해서 꼭 한복을 입어야 되느냐"라고 반대했다. 그래서 입지 않은 사람도 있다. 북쪽 여성들과 같이 김일성 주석을 접견하는데, 우리는 서서 그냥 악수했는데 대표단으로 왔던 여연구 씨 동생인 여원구 씨 등은 김 주석을 보고 꿇어 엎드려 울었다. 그들의 우는 모습을 보며 우리는 충격을 받았다. 우리는 다 서 있는데 그들은 오찬에 초대받은 일 자체에 너무너무 감읍한 것 같았다. 가까이서 대할 수 있다는 것이 영광이고 너무 대단한 일이고, 그들에게 김 주석은 진짜 아주 신처럼 생각되었던 것 같다. 그만큼 그들은 순수했던 것 같다.

북쪽의 역사를 생각하면 폐허 속에서 지도자가 일일이 찾아다니고 격려하며 일구어내 재건했으니까……. 건물과 집을 짓고 도로를 닦고 농사를 짓고 개량하며 경제성장을 이룩한 지도자로서 누군가를 착취하고 독점하는 것 없이 다 같이 참여해 일구어낸 국가 소득을 나름대로 균등하게 배분했으니……. 그리고 우리 세미나에 북쪽 학교 교사도 참여했는데, 나한테 직접 하는 말이 자기하고 자기 남편은 전쟁고아인데 "그야말로 수령님이 우리를 거두어 먹이고 입히고 대학까지 공부시켰고 설날 등 명절날 꼭 자기를 찾아와 어버이 노릇을 했다"라고 했다. 그래서 자기들은 "이렇게 결혼해 수령님 덕택에 잘사는데, 우리 자식들도 수령

8·15 광복 50주년 민족 공동 행사
(1995년)

님 덕택에 전부 무료 교육이고 수령님 배려하에 이렇게 참 좋은 교육을 받고 살게 되어……". 나는 이 말이 진짜 빈말이 아니라고 생각했다. 이런 직접적인 관계, 부모와 자녀 같은 가족 관계, 공동체적인 관계는 실제로 그들이 체험한 것이었다. 이런 면에서 그 세대는 진정한 마음인 것이고 나는 그것이 이해되었다. 김 주석 앞에서 그냥 황공하다는 것이 이해되었다.

언젠가 동유럽을 여행하다가 체코에 들렀는데, 체코 사람들에게 직접 들은 말이 '우리나라에서 6·25전쟁이 나니까 체코에서 북한 어린이들, 젊은 아이들, 교사들, 보모들 이렇게 3000명을 자기 나라로 함께 데려가 돌보아주었다'고 한다. 그러니까 북한 엘리트층 중에서 이 케이스에 속한 사람들도 있고 국내에서 교육받은 사람들도 있을 것이다. 그래서 북한하고 체코슬로바키아의 관계가 상당히 긴밀했다고 한다. 체코슬로바키아에 젊은 아이들과 그들을 돌보아 준 보모들을 딸려 보내 한국말을 하면서 그쪽의 교육과 기술을 접하게 했고 그쪽의 공업, 즉 자동차 공장, 자동차 수리 공장 같은 데서 몇 해 동안 기술도 배우게 했다고 한다. 이런 면에서 북한은 가족이 확대된 유교적 사회주의국가라고 할 수 있다. 북한과 형제국으로 체코슬로바키아에서 북한은 그런 사업을 10년 가까이 했다고 한다.

일본군 '위안부' 문제와 남북 여성 교류

북쪽의 정명순이 나한테 "선생님, 말하자면 150만 명의 엘리트 중에는 이 체제와 어버이 수령에 절대 충성하는 엘리트층이 있습니다"라고 말했다. 직접 관계도 맺고 돌보며 아이들을 길렀으니 이 체제는 안 무너진다는 생각이 들었다. 문제는 그 엘리트 세대가 바뀌는 것이다. 이에 대해 지은희는 "1991년에 시작한 남북 여성 교류에 이어 정대협 운동을 통해 10번 정도 만났고, 계속 이어져 내려오는 여성 교류를 그때 처음 물꼬를 튼 것이다. 한편에서는 일본군 '위안부' 운동을 통해 '2000년 일본군 성노예 전범 여성 국제 법정'도 같이 만들고, 유엔과 일본 정부를 상대로 싸우고, 증언 집회를 같이 하며 이어져 왔다"라고 했다. 그리고 "그때 느낌은 일본군 '위안부' 문제에 관해 남북이 하나로 운동 목표나 해결 방식에 이견도 없고 상호 신뢰를 바탕으로 이어져 내려온 역사가 있었다. 이전에는 소규모로 교류했다면 이제는 대규모로 300명이 금강산에 모여 남북여성통일대회를 하며, 이런 흐름이 2000년 6·15공동선언으로 이어졌다"라고 했다.

남북공동성명을 발표하는 것이나 스케줄을 짜는 것을 포함한 모든 일을 북쪽의 정명순과 남쪽의 이미경이 실무자로 접촉했는데 북쪽은 자주성이 없었다. 뭐든 자주적으로 결정하지 못하고 모든 것을 남자들에게 허락받았고 모든 것에서 수직적인 위계질서와 권위 체제가 뚜렷했다. 젊은 세대들이 좀 더 대중적으로 만난다고 해도 모든 수직적인 체제가 변화하지 않는 한 그 젊은 세대도 결국 그 영향력 아래서 엘리트에 속하는 여자들만 만나게 되는 것이다. 자기들도 이제 개방해야 한다는 것을 알지만 본질적인 면에서 변화는 없다고 본다.

이에 대해 지은희는 "당시 여연구 선생이 사망하고 그 동생분인 여원구 선생이 조선민주여성동맹위원장을 하고 있었다. 2000년경 남쪽 대표들을 만나는 북쪽 여성 대표들이 세대 교체되었고, 본질적으로 위계 서열에 따라 결정되는 것은 비슷하지만, 2001년 5월 평양에서 일본군 '위안부' 문제로 만날 때 보니 여성들의 자율적 영역이 조금씩 넓어지고 있고 그들의 태도도 훨씬 유연해졌다"라고 평가했다. 그리고 "북쪽에서는 자기들과 어느 정도 통하는 남쪽의 진보 여성만을 상대하려고 하나 남쪽은 민주주의 사회이고 우리는 남쪽의 여러 입장이나 단체 중 하나라는 것과 남쪽 대중은 대부분 보수적인 것이 현실이고 남북이 함께 일하려면 우리의 다양성을 당신들이 인정해야 된다"라고 지은희가 설득했기 때문에 그 정도로 다양성을 받아들이는 것 같다고 했다. 평화를 만드는 일은 진보 진영 여성들이 할 수밖에 없는 일이 아닌가 한다. 그래서 한국여성단체연합이 조직에 있어 주도적인 실무를 맡고 있다고 본다. 이에 대해 지은희는 "주도적 기획은 여성단체연합이 한다고 해도 남북 교류 창구는 민족화해협력범국민협의회(민화협)가 하는데, 진보와 보수를 아우르는 여성위원회가 따로 있고, 평화를만드는여성회(평화여성회)가 중심적인 역할을 하고 있고, 한국여성단체협의회나 YWCA에서도 상당히 관심을 보이고 있어 북쪽과 관계를 맺는 단체들이 다양화된 것이 사실이다"라고 했다.

그런데 다양한 단체가 합의를 이끌어내는 데 시간도 걸리고 입장 차이도 있어 우리가 하는 일을 북쪽에서 이해하기가 어려울 것이라는 생각이 든다. 이제는 서서히 그런 부분을 이해하는 모양인데, 통일운동에서 이런 합의를 이끌어내는 것은 여전히 진보 진영 여성들이 할 수밖에 없다고 본다. 이제 대중 여성들을 참여시키며 다양한 것을 수렴해 북쪽이 받아들이고 대화할 수 있도록 역할을 해야 한다고 본다.

북쪽 여성의 경제적 자립과 여성 신용협동조합

북쪽이 경제적으로 어려우니 남북 간의 교류도 단순 활동 차원을 넘어 북쪽에 물질적인 도움을 주었으면 했다. 한국여성단체연합 쪽은 소

북한 어린이 돕기 뜨개질을 하며

수라 물질적 기반이 상당히 제한되었고, 다른 여성단체는 그동안 북쪽에 물질적 지원을 하지 않았다. 민족화해협력범국민협의회에서 바자회를 할 때도 밑에서부터 호응을 안 해주니 회장이 힘들어했다. 그래서 우리민족서로돕기운동의 여성위원회가 북쪽을 지원하고 있었다. 북쪽을 돕자는 인도적인 뜻에서 성의를 다해야 하는데, 우리 여성 사회에서 북쪽 사람들을 만나는 기회를 만드는 일이나 일시적으로 북쪽을 돕는 행사를 하는 일에 보수 진영은 적극적이지 않은 것 같다. YWCA 회장이 김숙희 선생이기 때문인지 북한 어린이 돕기를 위해 돈을 모아 보냈던 것 같다. 북쪽이 경제적으로 어려우니 다양한 접촉을 통해 지원하면 상호 간에 믿음이 생길 것이라는 생각이 든다.

북쪽은 경제 개방정책으로 단계적으로 경제특구를 만들어 자본주의경제화를 진행하고 있으니 궁극적으로 외국자본도 들어가 시장경제가 빨리 조성될 것 같다. 이제 북쪽도 여성들이 기업에 진출해 직장을 가지거나 여성들에게 경제적으로 고용 기회를 줄 수 있다고 본다. 동독 여성들을 만나 이야기를 들어보면, 여성이 중소기업에 진출하려는 계획을 갖고 있다고 했다. 시장경제화를 통해 소상공인이 많이 생겨날 수밖에 없는 상황에서 동독의 일반 대중 여성들이 소상인 자유업을 하려면 자본이 필요한데, 은행에서 기업에게는 융자를 해주지만 여성이나 소상인 자본가들에게는 융자를 잘 안 해주니까 자본을 마련할 방법이 없다는 것이다. 자유업이나 소상인 서비스업 여성들에게 기술 교육을 시키지만 자본이 없으니 미장원을 차릴 돈도 없다는 등의 고충을 우리한테 이야기했다.

우리 여성들이 소자본 자영업을 하고자 할 때, 장기 융자라든지 기금을 마련해 돈을 빌려주면 좋겠다는 생각이 든다. 북쪽이 경제적으로 너무 어렵기 때문에 생존과 직결되는 경제 문제는 구호 사업만으로는 안 될 것이다. 여성 스스로 자립적으로 살 수 있는 경제 기반을 닦을 수 있도록 도와야 된다. 나는 전부터 우리가 모든 여성을 다 도울 수는 없어도 소자본을 마련해 어떻게 지역적으로 소도시 비농(非農) 여성이나 일반 여성들을 상대로 혜택을 주는 모델을 만들고 싶었다. 내가 한국여성개발원에서 남북 여성 교류에 대한 프로젝트를 진행할 때 북쪽에 시장이 생기니까 그런 제안을 한 적이 있다. 그때 평양에서는 암시장이 생기기 어려웠지만, 평양에서 멀리 떨어진 함경도 같은 데에는 암시장이 생기니 어떨까 한다.

평북 신의주 같은 지역은 원주민을 전부 철수시키고 기업들이 들어와 투자해 고용 창출이 가능했다. 북쪽의 국가자본인 공적 자본하고 합작해 기업을 개발시키는 방식이 아닐까 생각한다. 그런데 함경도 근처나 국경 근처에서 생존을 위해 완전히 밑바닥에서부터 생겨나는 암시장, 자유 시장들이 텔레비전에 나오던데……. 생활이 어려운 여성들이 개인 형편에 맞는 자영업을 할 수 있도록 경제적인 기반을 마련하는 데 남쪽에서 소자본으로 조금씩 도와주면 그들에게는 밑천이 되지 않을까 한다.

이런 것은 우리 여성이 장기적으로 생각하고 계획해야 하는 일이다. 내가 생각한 것은 저소득층을 위한 공제회나 신용협동조합과 같은 조직으로 노동자 은행이나 여성 은행 등이다. 여성들이 생활협동조합 활동을 하고 앞으로 생활협동조합 운동에서도 여성들의 노동자협동조합(worker's collectives)을 장려해야 할 것이다. 결국은 여성 자본이 마련되어야 남성 중심 자본의 영향으로부터 진정으로 해방될 수 있다. 장기적으로 여성이 신협 같은 은행을 만들어 여성의 경제활동 자립을 위한 소자본을 형성할 수 있어야 한다. 내가 전부터 노동자 은행 같은 것을 남자들한테 이야기했는데, 평화은행[19]이니 뭐니 노총에서 만든다고 했는

---

19 1992년부터 2001년까지 영업했던 한국의 시중은행이다. 설립 목적은 근로자 금융 지원으로 한국노동조합총연맹이 주도했다. 이후 한빛은행(현 우리은행)에 흡수합병되었다(엮은

데 잘되고 있는지 모르겠다.

여성운동으로서 우리 나름대로 신협을 만들어 한번 시작해 보면 좋을 것 같다. 무공해 빵가게나 무공해 반찬 가게를 만들 때 우리가 소자본을 융자해 주면 서너 사람이 모여 공동으로 경영할 수 있을 것이다. 융자해 준 돈은 일정 기간이 지나 원리금을 조금씩 갚을 수 있도록 해 경제적으로 자립할 수 있게 돕는 것이다. 그 자립 경제가 꼭 남자를 배제하는 것이 아니라 대자본·남성 중심의 권력에서 해방되어 소수와 약자가 함께 참여해 일구어나가는 모델을 하나 만들어보았으면 한다.

물꼬를 튼 정대협 운동의 국제화

정대협 활동을 시작하고 일본군 '위안부' 문제 대책 운동을 확대시킨 일은 처음으로 내가 주도적으로 참여한 일이다. 과거에는 어떻게 보면 여성운동 단체의 대표나 이사장으로 추대되거나 이론적으로 주장했지 내가 주도적으로 조직을 만든 것은 아니었다. 여성운동에 참여하는 여성들의 이야기를 들으면 다들 개인적으로 성차별당한 경험이 있었다. 남편과의 관계라든지 부모와의 관계라든지 직장에서의 인간관계라든지 성차별을 받는 데 따른 어떤 분노들이 있었다. 이런 체험을 통한 개

이 주).

인적인 깨달음에서 의식화되어 여성운동을 하게 되었다는 이야기를 들었다. 사실 나는 그런 성차별을 체험하지 않았다. 단지 여성운동에 대한 연구나 이론을 제시했을 뿐이다.

어려서부터 집에서 딸이라고 학대받거나 차별받은 경험이 없고 직장에서도 마찬가지였다. 어디까지나 관념적으로나 이념적으로 여성 문제를 연구하면서 깨달아 여성운동에 대한 이념이나 방법들을 제시한 것뿐이다. 내가 일본군 '위안부' 문제 대책 운동을 하며 정신대 피해 할머니들의 증언을 듣고, 일본군 '위안부' 문제를 가지고 미국에 가기 전 국내에서 일본 정부를 향해 우리 요구를 제시하고 노태우 정부에 요구하는 과정을 거치면서 진짜 분노를 느끼게 되었다.

요시미 요시아키(吉見義明)[20] 교수가 일본 방위성 자료를 분석해 공개한 것을 계기로 일본 총리가 국회에서 일제강점기 일본군 '위안부' 문제를 인정하고 사과했다.[21] 그 단계에서 일본 정부의 일본군 '위안부' 문제에 대한 입장이 변하고 우리의 요구에 호응하리라고 기대했는데 그러지 못했다. 이런 과정에서 내가 '아무래도 국내 운동만으로는 어렵겠

---

20 요시미 요시아키는 일본의 역사학자이자 주오대학 상학부 교수다. 전공은 일본사로 일본 전쟁책임자료센터 대표다. 일본군 '위안부' 문제와 독가스 전쟁 연구자로 널리 알려져 있다. 위키백과에서 '요시미 요시아키' 검색(https://ko.wikipedia.org/wiki/요시미_요시아키).

21 1992년 1월 17일 미야자와 기이치(宮澤喜一) 일본 총리가 방한해 한국 국회에서 연설을 통해 제2차 세계대전 중 '위안부' 문제와 관련해 사과했다(엮은이 주).

다. 미국 등 해외에 알려야겠다'는 생각을 했다. 그때 동생이 조카 결혼식에 오라고 해서 미국에 갈 계기가 생기자 이 기회에 뉴욕에 들러 한번 알아보아야겠다는 생각이 들었다. 미국에 가기 전에 속리산에 있는 정신대 피해 할머니의 아들이 마침 전화로 어머니의 사연을 이야기한다고 해 나하고 윤영애 총무, 김혜원 씨 셋이서 할머니의 증언을 들었다. 할머니는 자기 몸에 고문당한 자국을 보여주고 이야기하며 몸을 막 떨었다. 그것을 내가 직접 목격했다. 그이는 그로부터 일주일 전에 아들과 며느리에게 자신이 정신대 피해자라고 밝혔는데, 그로 인해 할머니는 병이 나버렸다. 몸이 아픈 상태에서 증언하며 몸을 떨었던 것이었다. 진짜 그때 분노를 느꼈다. 나는 그때 그 모습이 지금까지 생생하다. 내가 여성 문제에 분노를 느낀 것은 그때가 처음이었다. 그런 상태에서 미국에 갔다.

유엔 기구에 일본군 '위안부' 문제를 알리다

정신대 피해 할머니의 증언을 들은 대로, 그때 내가 느낀 대로 미국 워싱턴과 뉴욕에서 이야기했다. 뉴욕에서 내가 유엔 여성위원회 사람들을 만나겠다고 하니 신혜수가 "유엔 사람들을 만나기는 힘들어요"라면서 전화로 자기 지도 교수인 번치(Charlotte Bunch) 교수한테 미리 연락해 주었다. 그때 마침 미국교회협의회(National Council of the Churches of Christ in the USA, NCCC) 인권위원회 모임이 있어 인권위원회에 가서도 정신대 피해 할머니에 대해 이야기했다. 인권위원회는 "그런 이야기가 ≪뉴욕타임스(The New York Times)≫에 보도되니 심적으로 자기들은 호응하지만 이것을 유엔에서 받아들이기는 어려울 것 같다"라고 부정적인 반응을 보였다. 적극적인 호응은 별로 없었다. 내가 번치 교수를 찾아가 할머니에게 들은 대로 영어로 말을 쏟아놓았다. 그 무렵 번치 교수도 여성운동을 하는 사람으로서 성 문제의 입장에서 여성 인권 문제를 유엔에 제기했다. 그때 우리가 기회를 너무 잘 잡았다. 내가 정신대 피해 할머니에 관한 이야기를 하니 번치 교수도 나와 같이 아파했다. 그래서 그가 유엔에 아는 여자들에게 전화해 나를 만나게 해주었다. 이렇게 해서 처음으로 국제적인 정대협 운동이 시작되었다.

그때 나는 유엔 인권위원회가 스위스 제네바에 있는 것을 몰랐다. 여성위원회를 찾아가면 다 되는 줄 알았는데, 여성위원회는 이런 문제를 취급하지 않고 인권위원회에서 취급한다는 것을 뒤늦게 알게 되었다. 그런 상태에서 일단 제네바가 아닌 유엔 뉴욕 본부를 찾아가니 유럽 여자들이 그곳에 많았다. 내가 한국 여성으로서 일본군 '위안부' 문제 때문에 왔다고 하니 "아하, 굿 타임(Good time), 잘 왔어, 잘 왔어"라면서 자기들도 ≪뉴욕타임스≫에서 읽었다고 했다. 이 사람들이 이것을 중대한 이슈로 받아들이고 나를 격려해 주어 힘을 얻었다. 유엔 뉴욕 본부는 안전보장이사회나 경제사회이사회가 중심이었고, 희랍 여자가 제네바 유엔 인권위원회에서 파견되어 있었다. 번치 교수가 그이를 잘 알고 나를 소개해 주어 그이를 만났다. 그이가 "사실 인권위원회에 이런 문제를 상정하는 것은 그야말로 인권선언이 선포되기 전에는 현실적으로 참 어렵다"라고 했다. 그렇지만 "떠들어라. 받아들여지든 안 받아들여지든, 떠드는 것이 중요하고 어쨌든 여론을 환기시키는 것이 중요하다"라며 격려했다. 그때 유엔 인권위원회는 제네바에 있고, 인권소위원회에 대한 정보를 듣게 되었다. 당시가 1992년 3~4월이었던 것 같다. 인권소위원회는 그해 8월에 있다고 했다.

유엔 여성위원회에 일본군 '위안부' 문제를 알리다

유엔 인권소위원회가 열리기 전 노예제에 관한 소그룹 회의가 있어 NGO들과 만나 '위안부' 문제를 알려야겠다고 생각했다. 유엔 NGO 명단을 받아가지고 워싱턴의 의회 여성 코커스(The Women's Caucus)를 찾아갔다. 워싱턴에 있는 감리교 소속의 하비(P. Harvey) 목사는 의회 의사당에서 로비하는 그룹의 일원으로 의사당 근처의 감리교 빌딩에 있었다. 하비 목사를 통해 의회 여성소위원회, 우리로 말하자면 국회 여성위원회인데 상설 위원회가 되기 전의 특별위원회인지 모르겠다. 어쨌든 미국 의회 내 코커스를 찾아가 '위안부' 문제를 미국 여성들에게 알리고 의회에서 영향력을 행사해 달라고 부탁했다. 워싱턴의 감리교 빌딩

정대협 시절 방미 투쟁

에는 하버드 대학교 졸업생인 한인 2세가 하비 목사의 실무 비서로 일하고 있었다. 그 친구 아버지가 감리교 목사였던 것 같다. 그 친구가 유엔 여성위원회에 보내는 공식 편지와 일본군 '위안부' 문제를 간략하게 설명하는 문건을 영어로 만들었다. 아무래도 우리 영어로는 부족해 그 친구한테 영어 번역을 부탁했다. 그 자료가 지금 다 남아 있다.

   미국에 갈 때, 우리 민족 역사에서 일본군 '위안부' 문제가 어떻게 생겨났고, 정신대가 성을 제공하도록 일본 군부가 어떻게 했는지를 우리 말로 작성한 문건을 가지고 갔다. ≪문화일보≫ 유숙렬이 그때 뉴욕에서 지내다가 서울로 돌아와 있었다. 유숙렬이 신혜수와 뉴욕에서 가깝게 지낸 것을 알고 있었다. 유숙렬 남편이 컬럼비아 대학교에서 국제정치로 러시아 지역을 전공해 박사학위논문을 쓰고 있었다. 남편이 박사학위를 받는 데 시일이 걸리니까 유숙렬이 먼저 귀국해 기자로 취직해 있었다. 미국에 갈 날짜가 임박해 일본군 '위안부' 관련 문건을 영어로 번역해 가지고 갈 시간적 여유가 없었다. 그래서 신혜수랑 유숙렬이 번역할 일이 있거든 뉴욕에서 자기 남편과 접촉하라고 남편 전화번호를 알려주었다. 그 덕분에 유숙렬 남편을 만나 꽤 긴 문건의 번역을 부탁했다. 그래서 정대협 집행위원회에 내가 "이것을 번역하면 아무래도 수고비를 주어야 되지 않느냐"라고 말해 600달러를 마련했다. 내가 그이한테 적지만 600달러를 주니 받지 않아 다른 비용으로 썼다. 박사학위논문을 쓴다고 애쓰고 있었는데 한 일주일 넘게 자기 시간을 할애한 것이다. 그때 워싱턴에서 여러 사람이 애써서 다급하게 문서를 만들어 서울에 있는 정대협에도 보냈다.

유엔 인권위원회에서 도츠카 변호사의 일본군 '위안부' 관련 발언

서울로 돌아오니 윤미향이 인권과 관련된 수십 개 단체에 보낸다며 자료를 만들어놓았다. 나는 이렇게 많은 단체에 보낼 것 없이 몇 곳에만 보내자고 했다. 유엔 인권소위원회에 참여하는 그룹 중 오래전부터 노예나 여성 노예 매매에 관여해 온 영국 NGO가 있는데, 나는 그곳을 집중적으로 공략하는 편이 낫다고 생각했다. 그런데 그 단체가 영국에 있고 회장은 영국의 엘리트 여성들이라 그런지 반응이 없었다. 그들도 이런 자료를 너무 많이 받으니 그렇지 않겠나 싶던 찰나에 일본 구주(九州, 규슈)에 있는 재일교포 목사가 우리한테 도츠카 에츠로(戸塚悦朗) 변호사에 관한 정보를 주었다. 이 일본 변호사는 나중에 이화여대 여성학과에서 공부한 야마시타 영애의 남편이 된 사람이다.

도츠카 변호사가 그해 유엔 인권위원회 본회의에서 일본군 '위안부' 관련 발언을 했다는 것을 알았다. 나중에 알고 보니 도츠카 변호사가 홍상진 씨와 함께 일본의 강제 노동 문제와 관련해 제네바에 왔다는 것이다. 우리보다 먼저 유엔 인권위원회와 접촉해 로비하는 일본인 그룹이 있었던 것이다. 도츠카 변호사는 그 그룹하고 이미 연계되어 있었던 것 같다. 나중에 도츠카 변호사는 "강제 노동 문제뿐만 아니라 한국 문제에 관심을 갖고 있던 차에 일본 신문에서 일본군 '위안부' 문제 기사를 읽고 일본 정부에 대해 창피하게 생각했다"라고 했다. 그래서 유엔 인권위원회에서 일본군 '위안부' 문제에 관해 발언했다고 했다. 그것이 도츠카 변호사의 최초 일본군 '위안부' 문제 발언이었다.

1992년 8월 유엔 인권소위원회가 있기 전에 노예제에 관한 워킹 그룹 회의를 할 때 도츠카 변호사가 다시 제네바에 갔던 것 같다. 우리가 제네바에 온다고 하니 오재식 씨가 전화로 도츠카라는 사람이 와 있다고 알려주었다. 당시 오재식 씨는 세계교회협의회에서 일하고 있어 그의 도움을 많이 받았다. 그때 우리는 돈도 없고 유엔 인권위원회에서 발언할 자격도 없어 그냥 돌아왔다. 돌아와서 유엔에 이 문제를 제기하려니까 윤정옥 선생이 "내가 일본 쪽 서신 교환 등 일본 지역을 담당하겠으니, 당신은 영어 지역을 담당하시오"라고 했다. 그러겠다고 하고 영어권에서 오는 통신은 내가 맡았다. "우리가 제네바에 가야겠다"라고 해서 준비하던 때부터 신혜수가 열심히 나섰고, 오재식 씨가 세계교회협의회에 있어 세계교회협의회 인권위원회에서 도움을 주었다.

스위스 제네바에서 진행한 정대협의 국제적 활동

정대협이 조직되기 전에 정진성 교수가 ≪문학과지성≫에 원고 하나를 썼다고 나한테 전화한 일이 있었다. 정 교수는 '이화여대 여성학과를 중심으로 제기한 여성 문제는 너무 서구 중심적인 시각에서 남성에 대한 투쟁 방향으로 흐르는 것을 비판하면서 이것을 구조적이거나 민족문제와 관련해 큰 문제로서 이해하는 것이 온당하다'는 내 입장을 지지하는 내용으로 원고를 썼다고 했다. 정 교수가 시카고 대학교에서 박사학위를 받고 돌아온 후였다. 내가 일본군 '위안부' 문제를 연구할 때 정 교수를 참여시켰다. 알고 보니 정 교수의 어머니가 윤정옥 선생과 경기여고 동창이어서 자연히 친하게 지내게 되었다. 그렇게 정 교수가 일본군 '위안부' 연구회 쪽에 참여하고 이 문제에 관심을 갖게 되었다.

내 생각에 아무래도 일본군 '위안부' 할머니도 제네바 유엔 인권위

유엔 인권소위원회에서 황금주 할머니
와 함께(1992년)

정대협의 유엔 인권소위원회 활동

원회로 함께 가니까 할머니도 돌보아야 하고 우리 역할이 다양할 것 같아 내 여비를 말없이 정진성 교수에게 주어 참여시키고 나는 자비로 갔다. 신혜수가 로비를 워낙 적극적으로 하니까 신혜수하고 나하고는 한 방을 쓰고, 정 교수가 주로 할머니를 돌보았다. 나중에 신혜수가 정 교수에게 귀띔해서 내가 준 돈이 이만저만한 돈이었다니까 정 교수가 자기는 몰랐다며 돌려주어 내가 그 돈을 받았다. 어쨌든 많은 사람을 참여시킨 것은 잘했다는 생각이 든다. 신혜수는 우리보다 먼저 제네바에 가서 도츠카 변호사를 만났고, 도츠카 변호사는 신혜수한테 로비하는 법을 가르쳐주었다. "NGO를 상대로 이것을 알려야 한다"라면서 NGO 그룹을 상대로 홍보하는 방법, 점심시간을 이용해 로비하는 방법 등을 알려주었다. 그래서 우리는 커피하고 쿠키나 점심을 대신할 샌드위치를 간단하게 준비해 그들에게 대접하며 포럼을 하는 것을 조직했다.

일본에서 온 강제 노동 단체의 홍상기 씨하고 같이 움직였는데, 신혜수는 일본군 '위안부' 할머니 통역을 맡고 정진성 교수가 일본군 '위안부' 문제 이슈를 발표했다. 우리는 이렇게 역할을 분담해 회의에 참여했다. 정 교수는 할머니 통역도 하고 보호자 역할도 했다. 우리가 유엔에서 발언할 수 있는 자격이 없으니 유엔에서 지위가 있는 NGO와 세계교회협의회가 자기들 자리를 우리에게 양보해서 그 자격으로 발언할 수 있었다. 내가 가기 전에 이미 유엔 회의에 어젠다가 많았는데, 성격상 우리 문제하고 관련 있는 세션마다 발언할 수 있었다. 신혜수가 한 번 발언했고 내가 가서 한 번 발언했다. 발언하는 형식에 맞추어 내가 발언문을 썼고 도츠카 변호사가 글을 고쳐주었다. 그 후로 돈이 없으니 신혜수가 혼자 다니며 로비했다. 국제노동기구(International Labour Organization, ILO)는 정 교수가 가고, 그다음에는 신혜수가 로비를 주로 했다. 권희순 목사는 어디로 가서 호소해야 할지 몰라 용감하게 뉴욕에 갔고 나중에 유엔 인권위원회가 그것을 다룬다는 것을 알았다. 국제노동기구까지 대상이 확대된 것은 도츠카 변호사의 역할이 컸다. 초기에 우리는 힘이 없었다. 도츠카 변호사가 계속해서 국제노동기구에 가서 일본군 '위안부' 문제를 제기하고 나중에 정 교수가 맡았다.

일본군 '위안부' 문제를 위한 아시아연대회의

제네바에 가기 전 1992년 6월 필리핀에서 아시아연대회의[22]를 열었다. 몇몇 나라가 참여했다. 그 후에 일본에서 크리스찬아카데미 모임을 했다. 일본하고 한국의 학자들이 "일본군 '위안부' 문제를 어떻게 보아야 하느냐"를 두고 한일 심포지엄을 했다. 그때 한국 정부는 어떻게 상대해야 되고, 일본 정부는 어떻게 상대해야 되고, 일본 국회와 국민은 어떻게 상대해야 되고 등을 지은희가 기획했다. 그 후 내가 그것을 자세히 기록했고, 뒤에 유엔 소위원회 특별보고관이 파견되어 조사했다. 유엔 인권위원회에서도 특별조사관(Special Amateur)이 파견되어 조사했다. 그 결과 유엔 인권소위원회에서 조사와 권고안이 만들어지는 계기가 되었다.

그때 네덜란드에 인권과 관련해 국제법을 한 반보벤(T. van Boven) 박사가 있어서 한국에 오도록 했다. 도츠카 변호사가 반보벤이 아주 유

---

22 정대협의 제안으로 일본군 '위안부' 문제를 해결하기 위해 1992년 결성된 연대 활동 네트워크다. 한국, 대만, 필리핀, 북한, 중국, 인도네시아, 동티모르 등지의 피해자, 피해국 및 일본 등의 지원 단체와 지지 단체, 개인 등으로 구성되었다. 연대회의가 결성되어 안정적으로 출발하는 데는 정대협과 각국 지원 단체 간의 합의, 1991년부터 1993년까지 남북한과 일본의 여성들이 구성해 4회에 걸쳐 지속되었던 "아시아의 평화와 여성의 역할" 토론회 경험이 큰 역할을 했다. 다음 백과에서 "일본군 '위안부' 문제 해결을 위한 아시아 연대회의" 검색(https://100.daum.net/encyclopedia/view/14XXE0079681).

'위안부' 문제 아시아연대회의에서
(1992년 8월 10일)

명한 분이라며 한국에 오도록 해 우리한테 만나보라고 했다. 그때 이것 저것을 해야 했는데, 우리가 돈이 없어 조마조마해하며 그이를 점심에 초대해 대접했다. 반보벤을 한국에 불렀는데 우리 이야기만 할 수는 없어서 아시아 피해국의 사람들을 묶는 아시아 연대를 만들어 회의를 했다. 이렇게 해서 일본군 '위안부' 문제는 국제 운동으로 확산되었다. 정대협 운동은 참 어려운 운동으로, 굉장히 성공적으로 국제 운동으로 만든 대표적인 예라고 할 수 있다. 한편, 국내적으로는 한국 정부에 압력을 넣어 일본군 '위안부' 할머니들에게 당장의 생활 지원이 되도록 했다.

일본군 '위안부' 할머니에 대한 지원 활동

국내외적으로 정대협 활동을 통해 일본군 '위안부' 할머니들이 역사의 증언자로 우뚝 서게 하고, 그들의 기본 생활을 그나마 국가에서 보장

정신대 활동 기금 모금에서(1994년 3월)

하게 되었다는 것이 큰 소득이었다. 사실 한국 정부도 일본군 '위안부' 문제에 관심이 없었다. 지은희가 정대협 기획위원장으로 참여하면서 이런저런 운동 기획을 함께했다. 우선 할머니들이 너무 가난하게 사는 문제를 조금이라도 해결해야 한다는 데 의견이 모아져 처음에는 정대협에서 모금을 해 일본군 '위안부' 할머니들에게 드렸다. 한두 번 모금하다가 '이것은 국가가 해주어야 한다'고 생각해 '일본군 '위안부' 할머니를 위한 생활지원법' 제정을 요구했다. 이를 위해 시위도 많이 했는데, 결국 법이 제정되어 할머니들이 생활 지원금을 받게 되었다.[23]

---

23 "제일 처음 지원 활동은 '일본군 '위안부' 할머니 생활지원기금 모금'으로 이수성(전 서울대

1995년 7월 일본에서 발족한 '여성을 위한 아시아평화국민기금(女性のためのアジア平和国民基金)'(이하 국민기금)은 또 한 차례 정대협 운동에 어려움을 주었다.[24] 국민기금은 일본 정부의 책임과 사죄 배상을 요구하는 정대협 운동과 국제기구의 조사 등에 일본 정부가 공식 사죄와 배상 책임을 회피하면서 할머니들의 곤궁한 처지를 이용해 위로금으로 문제를 기만적으로 무마하려는 것이었다. 정대협은 문제의 심각성을 인식하고 일본 정부의 발표가 있은 날부터 기자회견 등으로 대처했다. 우리는 두 가지 방향으로 노력했는데, 하나는 한국 정부가 책임을 져야 한다고 설득하는 일이었다. 할머니들이 국민기금 인사들의 종용과 가난 때문에 일시 위로금을 받지 않으시도록 한국 정부가 특별 지원금을 지급하도록 설득하는 것이다. 다른 하나는 기자회견과 수요시위 등을 통해 국민기금의 기만적인 성격을 알리는 일이었다. 당시 김대중 대통령 당선자를 만나 설명한 일이 기억에 생생한데 결과적으로 정부에서 특별 지원금을 지급하고 할머니들께서도 이해하시고 동참하셔서 일본

총장)이 회장이 되고, 이미경이 집행위원장을 맡아 활동했고, 할머니 한 분당 250만 원의 통장을 드렸다. 할머니들의 생활이 당시 너무 가난했고, 신고하면 무슨 경제적 도움을 받을까 하는 기대도 있었기 때문에 큰 액수는 아니었지만, 이 첫 지원으로 정대협에 대한 일본군 '위안부' 할머니들의 신뢰 관계가 생겼다"(이미경 전 국회의원의 증언).

24 여기서 '국민기금'과 관련된 내용은 이이효재 선생님과 정대협 운동을 같이한 지은희 선생이 자세히 기술했다(엮은이 주).

정대협이 주최하는 '위안부' 문제 해결
을 위한 수요시위에서

정부의 기만적인 해결 시도는 성공하지 못했다. 그러나 이 과정에서 국
민기금 관계자들의 설득으로 그 돈을 받으신 분도 있어서 우리에게 숙
제를 남겨주었다. 그러나 일본 정부가 운영비를 대고 일본 국민의 기부
금으로 만들어진 국민기금은 그 목적을 달성하지 못한 채 그 후 해산되
었다. 이제 다시 일본군 '위안부' 문제 해결의 진정한 책임을 어떻게 질
지의 숙제는 일본 정부의 당면 과제가 되었다.

일본에 대한 권고안까지 통과되었으니 일본군 '위안부' 문제는 일본
정부로 공이 넘어갔다. 일본이 양심적인 세계 구성원으로 남는 것은 얼
마만큼 이 문제를 해결하는지에 달려 있다. 일본 국회에서 일본 민주당
이 보상 법안을 제출한다지만 국회 통과가 되어야 하는 것이다. 우리가
처음에 국가를 상대로 배상을 요구했을 때 일본의 시민단체들도 별로
호응하지 않았다. 책임자 처벌을 요구하니까 일본 단체들은 완전히 떨
어져 나갈 뻔했다. 그러나 십수 년을 이어온 운동의 결과 국제 법정[25]에

서 천황의 유죄와 전쟁범죄자를 가려내 모두 유죄판결을 받아내는 데
까지 왔다. 일본의 3당(일본 민주당, 일본 사회민주당, 일본 공산당) 국회의원
들이 힘을 합해 전쟁범죄에 대해 배상해야 한다는 법안을 만든 것은 예
상대로 통과되지 못했다. 다만 이것이 일본 정치권에 정식으로 받아들
여졌다는 점은 운동 성과로 이야기할 수 있다. 기네스북에 오를 정도로
수요시위를 이어오고 있는 것은 한국 여성운동의 저력이라고 볼 수 있
다. 우리 여성이 민족적으로 당한 한을 피해 할머니들이 물고 늘어지며
버텨주고 있다고 생각한다.

일본군 '위안부' 문제를 어떻게 풀어나갈까: 교육기관 건립

일본군 '위안부' 문제는 남북이 하나 될 수 있는 이슈였고, 이 문제를
정대협의 운동으로 발전시켰다. 장기적인 관점에서 이 운동은 그야말
로 국제 인권 운동으로 확대되었고 세계화되었다. 일본군 '위안부' 문제
는 전쟁과 관련된 성폭력 문제로, 우리가 원래 목적했던 여성과 전쟁에

---

25 '2000년 일본군 성노예 전범 여성 국제 법정'은 일본군 성노예제와 관련된 범죄와 책임을 전
   쟁 직후 제대로 밝히고 처벌하지 못했기 때문에 2000년 12월 피해자와 피해국 관련 단체,
   일본 인권 단체, 국제 법률가 등이 모여 만든 민간 차원의 국제 인권 법정이다. 『한국민족
   문화대백과사전』에서 '2000년 일본군 성노예 전범 여성 국제 법정' 검색(http://encykorea.
   aks.ac.kr/Contents/Item/E0079682).

관한 역사관(歷史館)을 교육기관으로, 일종의 여성인권센터로 만들어 지속적으로 교육시켜야 한다. 앞으로 여성 인권 문제를 다루려면 이성 문제를 넘어 정치와 관련해 다양한 여성 인권 문제를 다루는 교육기관을 만들어 이를 통해 대중 여성들이 참여하는 운동으로 이어져야 한다.

전쟁 시기 성폭력, 한국 여성의 역사를 중심으로 해서 베트남전쟁부터 현재 미군에게 당한 폭력 문제까지 역사적으로 확대시킬 수 있다. 현재 나눔의집이 그런 역할을 하고 있는데, 우리는 이것을 좀 더 세계화시켜 역사적인 안목에서 새 역사관을 만들어야 한다. 당장은 어렵더라도 후세가 이 일을 계속할 수 있도록 구체적인 방향과 체계를 세워야 하고 단계적으로 할머니들의 유품과 이야기를 수집하는 교육관 역할부터 시작해 인권 문제를 계속 교육하고 문제 제기할 수 있는 전문 기관으로 발전시켜야 한다. 할머니들을 위한 복지 활동은 여성부에서 생활비가 나오지만 향후 서서히 줄어들 수밖에 없으니 인권 센터나 역사관 등 전문 기관으로 자리 잡게 하는 방향이 좋을 것이다.

제6부
—
귀향 후 진해에서의 실천 활동과 단상

지역연구와 진해기적의도서관 유치

나는 진해로 귀향했지만 원래 태어난 곳은 진해가 아니었다.[1] 원래 출생은 마산부 상남동이고 어려서 마산을 떠났다. 진해는 부모님들이 해방과 더불어 와서 사셨던 곳이다. 나 또한 해방과 더불어 타지 생활을 해가지고 부모님이 계실 때는 1년에 그저 몇 차례 진해를 왔다 갔다 하는 정도였다. 물론 친족분이 있고 우리 부모님들하고 잘 아는 친지분들도 있지만 진해에 살지 않았으니 이 도시에 대해 처음부터 잘 알았던 것은 아니다. 하지만 내가 진해에 내려오고 여러 해를 보내면서 조금씩 진해 YWCA나 진해여성의전화 그리고 진해시의 여성정책발전위원회 위원장 등으로 진해 지역 여성단체나 진해시의 일에 참여하면서 조금씩 이곳에 대해 알게 되었다.

진해에 오자마자 우리 경신재단[2]에 사회복지연구소를 만들었다. 이 재단은 지역사회를 위해 종합적인 복지사업을 하는 곳으로 재단 부설로 사회복지연구소를 만들어 사업을 시작했다. 65세 이상 여성 노인들의 빈곤 문제가 심각해지는 상황에서 노인 문제를 조사하고 연구한 뒤

---

1 이이효재 선생님의 진해 귀향은 1997년이다. 진해시는 2010년 창원시로 통합되어 이제는 통합 창원시가 되었다(엮은이 주).

2 이이효재 선생님의 부친 이약신 목사가 해방 이후 설립한 진해희망의집을 모태로 하는 재단이다. 진해희망의집, 경신사회복지연구소 등으로 구성되어 있다(엮은이 주).

에 정책을 제안했다. 그리고 계속해서 진해 지역 장애인 실태에 대한 조사 연구, 진해 지역 청소년에 대한 조사 연구, 진해 지역 여성의 사회 활동 참여 실태 조사 연구를 해서 진해시에 정책을 제안했다. 이런 조사 연구 등은 경남대학교 사회복지학과 감정기 교수, 사회학과 김종덕 교수와 강인순 교수와 함께 했다.

진해에 와서 내 개인적인 연구와 함께 진해 사회의 여러 문제에 대해 정책을 제안하고자 조사 연구를 하다가 이 지역의 어린아이들이 아무런 문화적 혜택을 받지 못하고 있음을 알았다. 마침 MBC의 〈느낌표〉라는 프로그램이 있었다. 전국에 특정 지역을 선정해 어린이 도서관을 지어주는 프로그램이었다. 이 프로그램에 선정되어 진해기적의도서관을 설립하게 되었다. 기적의도서관이 만들어진 후 나는 이 도서관을 어떻게 운영할지를 두고 생각이 많았다. 강인순하고도 이야기했는데 진해시가 관장하는 위탁 경영이 낫겠다고 생각했다. 강인순의 생각도 그랬다. 그래서 나중에 시의원이 된 이종화 씨가 진해기적의도서관 초대 관장으로 선임되고, 내가 초대 운영위원장을 했다.

진해 서부 지역 여성의 힘, 장난감도서관

장난감도서관을 볼 때마다 '진해 서부 지역에 어린이를 위한 도서관이 결국 만들어졌구나'라고 감탄한다. 진해 서부 지역에 사는 젊은 엄마

진해기적의도서관 북스타트 발족식 대회에서
(2005년 5월 1일)

진해기적의도서관에서 아이들과 함께

진해기적의도서관 개관 5주년 기념식에서
(2008년 12월 20일)

진해기적의도서관에서 특강을 하며

들이 2년 동안 장난감도서관을 만들어달라고 진해시에 요청했다. 그야 말로 매 주말마다 '진해 서부 지역에도 어린이 도서관을 세워주세요'라는 플래카드를 들고 요구한 지 2년 만에 도서관이 만들어졌다. 엄마들이 함께 연대해 나서서 자신들의 요구를 관철시킨 것이다. 장난감도서관의 설립은 시민으로서 여성들이 힘을 합치면 여성들의 요구를 관철할 수 있음을 보여주는 것이었다.

나는 유학 시절에 미국 여성들이 사회적인 역할을 상당히 잘하고 있는 모습을 보았다. '지역사회를 위한 역할'이라든지, '여성들의 유권자 활동'이라든지를 보며 결국 민주주의는 남녀 모두가, 특히 여성들이 사회에 참여해 민주 시민으로서 당당하게 국민 노릇, 시민 노릇을 하는 것이라고 느꼈다. 그리고 '여성이 사회참여를 통해 민주 시민 노릇을 하려면 가정이 민주화되어야 한다'는 생각을 가지게 되었다. 그래서 고국에 돌아와 가족 문제에 관심을 갖고 여성의 사회참여를 주장하는 사회학 교수 노릇을 하게 되었다.

젊은 세대들의 흐뭇한 변화

진해에 살며 기차를 타고 서울을 왔다 갔다 하다 보면, 참 기분 좋은 변화를 보게 된다. 젊은 엄마와 아빠들이 아기를 데리고 기차를 타고 오가는 광경인데, 요즘 젊은 아빠들은 아기를 안고 돌보는 모습이 아주 자연스럽다. 어떤 때는 엄마가 좀 편안하게 앉아 있으면 아빠가 아기를 어르고 달래며 재우고 기저귀도 채우는데 그런 모습이 자연스럽고, 어떻게 보면 젊은 남자가 사랑스럽게 보인다. 우리 세대뿐만 아니라 지금의 40~50대까지도 아빠들의 모습은 전혀 그렇지 못했다. 그런데 지금의 20~30대 젊은 아빠들은 아주 자연스럽게 아이들을 돌볼 줄 안다. 나는 남성들도 어려서부터 가정적으로 자연스럽게 사랑을 주고받는 경험을 쌓는다면 남성들의 권위적이고 폭력적인 성격이 달라질 수 있다고 생각한다. 남성들도 가사일이나 자녀 양육에 참여해야 된다는 것이다.

우리 사회는 얼마 전까지도 여자는 가정에서 자녀를 키우고 남자는 밖에서 직장 생활을 해야 한다고 여겼다. 남자가 직장 생활에서 받은 스트레스를 푼다며 술집 여자에게 서비스받는 일이 아무것도 아닌 것처럼 되어 있었다. 직장 회식에서도 1차, 2차, 3차 하는 것은 없어져야 한다. 그러니까 여성을 사랑하는 아내이자 친구로서, 하나의 인격체로서 대해야 하는데 마냥 성 노리개로서, 아니면 가정주부나 자녀들의 엄마로서 이중적이고 양면적으로 대하는 것은 모순이고 문제가 많다. 이제는 가정에서 엄마와 아빠 노릇을 같이해야 한다. 아버지들도 자식과의 관계에서 인간적인 사랑을 키워야 하고 딸을 대할 때나 직장에서 여성 동료들을 대할 때도 인간으로서 자연스럽게 행동하는 것이 중요하다.

젊은 세대에 대한 희망과 아쉬움

진보적인 이념을 가지고 환경운동과 생태운동을 하는 사람들이 농촌으로 돌아가 늪지대를 보존하는 등 생활 자체를 바꾸려는 새로운 시도들을 하고 있다. 우리 여성들, 민주 여성들, 가난한 여성들의 일거리를 함께 창출하며 같이 살 수 있는 협동조합, 소그룹 협동조합을 실천하는 젊은이들에게 아이디어를 전달해 주는 것은 힘든 일이다. 지은희는 나보고 "진해에 내려와 아직까지 지역 여성운동을 하고 있으면서 지역 운동을 지원하고 강연도 하며 실천을 한다"라지만 나는 강연도 하지 않고 내가 관심을 가졌던 부분에 대해 연구하다 보니 자꾸 이런저런 아이디어가 떠오르는 등 머리가 쉬어지지를 않는다.

따분한 우리 정치나 정치인들과 달리 여러 발랄한 아이디어를 가지고 자기 생각을 바로 실천에 옮기는 젊은 세대들을 텔레비전, 책, 잡지를 통해 보면 이들이 우리 세대보다 더 대담하고 그냥 실천하는 모습이 희망적이고 놀랍다는 생각이 든다. 젊은 세대에게 부정적인 면도 있지만 그래도 젊은이들은 약자를 배려하는 것, 사랑한다면 정신지체인을 포함한 장애인들과 결혼해 함께하는 것, 젊은 부부들이 지체장애아를 자식으로 받아들여 가족을 만드는 것 등 우리 세대는 도저히 하지 못할 일을 실천하고 있어 희망적이다. 젊은 사람들의 이런 점이 사회를 크게 변화시키고 있고, 이런 변화가 우리 사회가 발전했다는 증거라고 생각

팔순 잔치에서 제자들과 함께(2003년 11월 14일)

한다.

우리 세대는 엄마의 자식에 대한 사랑, 감성, 혈연에 대한 것이 깊어 보편적으로 남을 대하는 데 한계가 있지만, 젊은 세대들은 이런 한계가 없는 것 같다. 우리 세대의 부모나 형제자매들은 길을 가다가 장애인을 만나면 그들에 대한 느낌이나 배려하는 행동이 한 번의 행사에 그치거나 일시적인 행동에 그치는 경우가 많다. 취약자나 장애인에 대한 배려가 우리 세대는 머리나 마음으로만 존재하지 바로 실천하지 못하는데, 젊은 세대는 자발적으로 먼저 행동이 앞서고 바로바로 표현하는 모습이 희망적이다.

내가 자신을 좀 더 객관적으로 인식하고 나의 요구가 뭐고 건강을 위해 뭘 어떻게 해야 되는지를 깨달은 것이 50대가 되어서인 것 같다. 젊은 세대가 자기 개성을 살리고 자유스럽게 표현하는 만큼 자기들의 요구를 관철시키기 위해 적극적으로 행동하는 데 비해 책임 의식은 약한 것 같다. 우리가 함께 살아가려면 남의 입장도 생각해야 하고 부모 입장도 어느 정도 생각해야 하고 사회적인 책임감이 있어야 하는데 젊은이들은 자기 요구를 관철시키는 데만 관심이 많다. 젊은이들이 자기 능력을 키우거나 생활 기반을 마련하면서 하고 싶은 것을 스스로 차곡차곡 해나가야 되는데, 부모한테 일방적으로 의존하거나 경제적인 요구를 하는 경우가 많다. 그래서 부모하고 갈등을 빚거나 사회적인 문제를 일으키거나 과격하게 탈선하는 등의 행위도 늘고 있다. 앞으로 민주 사회 질서 속에서 젊은 세대가 책임 있게 자유를 누리고 행복하게 살 수 있게 돕는 것이 우리 세대가 할 일인 것 같다. 젊은 아이들이 가진 실천적인 힘이 조직적인 운동으로 나아갈 수 있도록 이념적으로 뒷받침해 주는 것이 우리 어른들의 역할이 아닌가 한다. 그들이 우리 세대보다 앞서 있는 부분도 있으니까 젊은 아이들에게 '이래라, 저래라' 교육하는 것도 안 된다고 생각한다.

지역 여성들과 함께 나누는 여성 문제와 과제

여성학의 출발은 성차별에 따른 문제의식에서 오는 만큼 차별을 극복하려면 여성이 스스로 의식화해야 한다. 그렇게 자아의식을 확립하고 주체성을 찾아 여성 스스로 권리를 확보해야 한다. 물론 국가나 남성까지 동참해야 개선될 문제도 있지만, 남녀 관계나 사회관계에서 평등한 사회를 어떻게 실현하는지가 여성운동의 궁극적인 목적이라고 할 수 있다.

여성이 차별당하는 현실적 문제만 분석하고 파악하는 것이 아니라 이것을 극복하기 위해 사회를 어떻게 변화시켜야 하는지를 고민해야 한다. 궁극적으로 우리가 진정 원하는 사회가 어떠한 것인지를 그려낸 대안 사회를 우리 여성들이 내놓아야 한다. 일상생활에서의 갈등과 폭력뿐만 아니라 국가 간의 갈등과 폭력을 보며 평화운동까지 논하고, 생태계 문제까지도 논하는 등 큰 그림 속에서 우리 여성이 극복해야 할 분야가 많아지고 있다.

지방자치제를 통해 참여 민주주의를 논의하게 된 것처럼 '우리 지역사회를 어떠한 사회로 만들어야 우리가 진정 원하는 평등 사회가 될 것인가'에 대한, 새로운 사회에서 새 질서에 대한 연구도 필요하다. 단순히 여성 대 남성의 문제 또는 '성생활에서 어떻게 평등하게 사느냐, 가정에서 평등하게 사느냐'가 아니라 '사회제도 개혁과 더불어 사회 전체를 어떻게 변화시켜 우리 여성이 진정으로 바라는 사회를 건설하느냐'까지 생각하는 것이 여성운동의 과제다.

여성운동의 과제는 '우리 지역사회를 어떻게 만드느냐, 우리 여성이 주인으로 참여하는 민주주의 사회를 어떻게 만드느냐' 하는 것이다. 그러기 위한 사회교육을 시작하려면 우리 지역에 대한 사회조사가 필요하다. 여기서 사회조사는 본격적인 조사가 아니라 일반 여성들의 이런저런 이야기를 많이 듣는 것이다. 일상생활에서 여성들이 당면한 문제들이 무엇인가. 주부 문제, 젊은 학생 문제, 노인 문제 등을 늘 접촉하며 우리가 경험하는 문제들이 우리 집만이 아니라 다른 집에도 있음을 알게 된다. 그러면 이 문제는 개인적인 문제가 아닌 사회적인 문제가 된다. 우리 지역의 문제들을 우리 힘으로 해결할 수 있는 방법이 무엇일지 같이 논의하고, 공동의 관심사로 이 문제를 계속적으로 해결하기 위한 조직 활동을 어떻게 할지를 논의하며 여성 리더십을 키워가야 한다.

제7부
—
학문과 실천에 대한 나의 생각

20세기 여성운동의 성과에 대하여

여성이 주체 세력으로 조직화되어 여성운동이 우리 역사 발전뿐만 아니라 분단 극복, 사회 개혁, 제도 개혁, 법 개정 문제 등에서 결실을 얻어냈다는 것이 21세기 여성운동의 성과라고 볼 수 있다. 구체적으로 '가족법' 개정은 큰 성과였다. 여성학 운동을 통해 여성들이 자신이 처한 현실을 인식하고, 가부장제 사회에 대한 비판 의식과 남성 중심 권력에 대한 비판 의식, 저항 의식이 생겼다고 할 수 있다. 그리고 1970년대 노동자들의 생존권 투쟁 등 노조 운동의 흐름에서 시작해 1980년대로 넘어가면서 대학을 나온 여성들의 정치의식이나 민주화 의식과 연결되어 여성 스스로 사회문제를 제기하며 조직 세력을 만들고 연합 세력을 이루었다는 것을 대단하게 생각한다.

예전에도 한국여성단체협의회 같은 조직이 있었지만, 이 조직이 자주적이고 주체적인 세력으로 조직화하면서 사회 개혁이나 법 개정 등에 주도적으로 관여하는 압력단체로서 역할을 하지는 못했다. 우리 여성의 힘인 여성운동은 진짜 세계적으로 모범이 될 만하고 하나의 세력으로서 여성운동의 성격을 우뚝 세웠다고 생각한다. 여성운동이 우리 사회에 뿌리를 내린 것이 너무 중요하고 보람되며, 부분적으로 일구어낸 변화, 제도 개혁, 법 개정은 뭐라고 말할 수 없이 뿌듯하다. 민족운동의 차원에서 일본군 '위안부' 문제를 가지고 일본 여성과 협력해서 남북 여성들이 만나고, 분단을 넘어 통일을 향한 운동을 하는 등 역사 발전에 여성이 주체 세력으로 나선 것 역시 큰 성과다. 구체적으로 여성들의 생활이나 권리 의식 등이 많이 바뀌었고, 1980년대에서 1990년대로 오면서 우리 세대가 잘 다루지 못했던 가부장제, 성차별 문제, 성 문제를 부부 관계나 성관계까지 파고들어 공개적으로 제기하고 공론화시켜 토론하고 이슈화한 것은 여성의식의 변화 없이는 안 되는 대단한 도약이라고 생각한다. 요사이 한국여성민우회에서 생리대 문제까지 이슈화하고 소위 미혼모가 아이를 홀로 키우는 것도 드러내고 이야기하는 현실이니까…….

21세기 여성운동은 과학과 철학 공부로부터

싯다르타, 예수도 마찬가지지만 내가 김용옥 선생의 영향을 받아 노자와 공자를 연구하다 보니 '왜, 성현들 중에 여자는 없고 다 남자뿐인가' 하는 생각을 했다. 하지만 여자 무당은 있다. 이것은 영적인 힘은 여자에게도 있는데 지성의 힘은 없다는 것이다. 공자도 그렇지만 퇴계(退溪, 이황)를 연구해 보니 퇴계도 대단하다는 것을 알 수 있었다. 유교의 격물치지(格物致知)는 과학적인 사고라는 생각이 든다. 그래서 싯다르타를 포함해 종교적인 이야기를 제자들과 주고받고 싶다는 생각이 들었다. 철학 사상에도 관심이 많은데 이런 주제를 놓고 대화할 사람이 없어 못 하니 아쉽다.

싯다르타는 금덩어리 속에 들어앉아 우상이 된 것이다. 공자의 동양 사상이나 퇴계의 격물치지는 과학적으로 우주가 돌아가는 현상을 철저하게 파고들어 그 이치를 깨닫는 것이다. '이치를 깨닫는다'는 것은 영적인 능력인 영성과 지적인 능력인 지성이 고루 갖추어져야 한다. 즉, 여성들도 지적인 능력을 계발해야 한다고 생각한다. 21세기 여성운동을 위해 나는 여성이 과학과 철학 분야에서 교육 운동을 해야 한다고 생각한다. 우리가 '새 사회'라고 말하지만, 이 세상과 우주가 어떻게 돌아가고 이 세상이 어떻게 변화하는지 모르면서 새 사회를 한다고 말하는 것은 아닌가 한다. 그래서 나는 여성의 지적 능력을 계발해야 한다고 생각한다.

우리 여성이 그동안 경험한 것, 차별적인 사회에서 약자로서 소외되어 온 것을 떨치고 일어나 자식을 키우는 보살핌과 사랑의 능력을 전 지구화하고 우주화해야 한다고 본다. 과학의 발전은 내가 말할 수 없지만, 그동안 서구 과학은 지식이 지식으로만 끝나 인간의 영적 능력과 결부되지 않고 도덕적 실천의 능력으로도 표현되지 않는 문제를 안고 있었다고 본다.

과거에 서구 과학은 인간을 상대화하고 객관화해 측정하는 원리를 공식적으로 발표하며 이것이 마치 영원한 진리인 것처럼 이야기했다. 하지만 불교의 연기론(緣起論)처럼 모든 것이 자꾸 변화하다 보니 그들의 이론은 절대 완벽하지 않다. 자꾸 변화하는 것이 에너지인데, 전체로서 유기체의 에너지는 영성을 동시에 가지고 있다. 이것은 기독교에서 하나님의 종교적 영성이라고도 할 수 있고 하나님의 창조적인 힘이라고도 할 수 있지만, 싯다르타의 위대함은 연기적으로 변화하고 발전하는 측면과 함께 소멸하는 것을 쌍방적으로 깨달았다는 것이다. 모든 것이 연기적으로 자꾸 변하는데, 서구 과학은 변해서 가는 것을 일방적으로 설명했을 뿐이다.

가부장제 가족과 종교

내가 1960~1970년대 가족 연구를 하며 남아 선호에 대해 곰곰이 생각한 것은 종교적인 차이에 따른 것이었다. 그래서 우리 가족관을 종교와 관련지어 생각하게 되었다. 1970년대에 내가 이화여대 강당에서 채플 시간에 이런 이야기를 했는데, 김흥호 목사가 유일하게 "선생님, 좋은 말씀"이라는 반응을 주었다. 그 후로 내가 '종교와 여성'이라는 주제로 글을 썼는데, 반응이 있으리라는 기대와 달리 아무런 반향이 없었다. 나는 종교적인 집안에서 나서 자랐고 나 자신이 철학에 관심이 많았다. 사회과학은 사회현상을 실증적으로 탐구하고 분석적으로 설명해 사회 현실을 이해하는 것이다. 우리 사회에서 인간 행위나 인간이 나아가야 할 방향으로 사회를 개혁하려면 좀 더 철학적이고 종교적인 이해가 동시에 갖추어져야 된다고 생각한다.

　가족 구조가 변화됨에 따라 호주제 폐지를 주장해 이를 성사시켰다. 하지만 법적으로 호주제가 사라진 뒤에도 여전히 가족 문제는 남아 있다. 나는 우리나라에 아들이나 가족에 대한 일종의 종교가 있다고 본다. 예전부터 남아 선호를 '아들 종교'라고 생각했고, 가족은 우리나라 사람들의 사후(死後) 관계, 개인이 영생하고자 하는 종교적인 요구와 관련되어 있다고 이해했다. 유교적인 가족관에서 부모가 주는 은혜는 효(孝)로 개념화되었다. 이것이 가부장제와 연결되어 효가 살아생전뿐만 아니라 사후에까지 확대된 것이다. 사후에 부모에게 효도하려면 아들을 낳아 혈통을 계승해야 하고 부모 묘를 지키며 제사를 지냄으로써 부모에 대한 효를 지속적으로 유지해야 한다고 본 것이다.

　그래서 조상숭배라는 가족의 종교적인 의식이 생기고 가족이 종교 집단이 되는 것이다. 조상숭배가 고려 시대에는 가묘제(家廟制)로 나타났고, 조선 시대에는 유교는 집에서 제사를 지내고 불교는 절에 부모의 유골이나 위패를 모시고 제사를 지냈다. 중국식 가묘제는 4대조까지 집안에 사당을 지어놓고 위패를 모시고 제사를 지내는 것이다. 우리는 가부장제로서 부자 관계 혈통을 사후까지 계속 이어가는데, 가족은 죽은 자와 산 자의 가족으로 연결되어 확대되었다. 종친회나 화수회(花樹會)가 그것이다. 이 조직을 통해 '나는 누구인가, 생명의 근원과 뿌리가 우리 시조에서 시작되어 시조에게 내 생명 뿌리의 근거가 있다'고 하는 사상까지 갖게 되었다. 가부장제가 이렇게 종교화할 수 있고, 우리 가족관과 사후관을 지배하는 것이다.

인도 불교는 젊을 때 결혼해 남녀 모두가 세속적으로 살다가도 어느 단계에 이르면 남녀 관계를 끊고 출가해 수도승 노릇을 할 수 있다. 그리고 죽으면 혈연이 단절된다는 특징이 있다. 윤회에 따라 전혀 다른 새로운 형태의 삶의 존재로 태어나기 때문에 죽음을 계기로 혈연관계가 단절되고 변화한다는 사상이다. 기독교에서는 유태 사회의 옛 가부장제 가족을 부인하고 예수를 믿고 따르는 예수의 가족이 된다. 죽은 후에도 혈연관계를 넘어 결국 천당에 가서 모든 인류가 한 가족, 하나님의 가족이 된다. 구원받은 사람들은 다 한 가족이 되고 우주적인 가족으로 확대된다.

우리 사회에서 기독교인이나 불교인들의 대부분은 기복 신앙으로 기독교와 불교를 믿고 있다. 아들을 낳기 위해 기도하고, 집안의 번성을 위해 기도하고, 집안의 대를 잇기 위해 기도하고, 자식들의 출세를 위해 기도한다. 기복 신앙에 따라 복을 빌 뿐 진정한 우주관이나 사후관은 전혀 받아들이지 않는다. 가족계획을 조사해 보면 '아들을 몇 명 낳느냐, 아들을 절대 필요로 하느냐'에 대해서는 종교 변수가 전혀 작용하지 않고, 교육이나 직업별로는 어느 정도 종교가 변수로 작용했다. 우리의 기독교와 불교는 모두 기복 신앙이기 때문에 혈연에서 벗어나지 못한다고 본다. 호주제가 법적으로 폐지된 현대 과학의 시대에 혈연과 혈통 중심의 가족 관계를 넘어서는 가족관의 변화 없이는 진정한 의미에서 호주제가 폐지되었다고 볼 수 없다.

내가 생각하는 여성해방과 평등 공동체

서구의 '개인주의'와 '개인의 자유'를 모두 여성해방이라고 하는 것에는 오해의 소지가 많다고 본다. 나는 개인의 자유를 절대화하는 사상은 오해의 소지가 많고 현실성이 없다는 생각을 늘 가졌다. 나는 '여성해방'이라는 말을 많이 쓰지 않았는데, 1980년대 초부터는 많이 썼다. 여성해방은 여성이 스스로 자아를 인식하고 자율적인 자아를 확립하는 것을 전제로 한다. 혼자 또는 개별적으로 여성해방이 성취되는 것이 아니라 타인과의 관계들 속에서 관계를 변화시켜야 하는 것이다. 여성이 억압받고 차별받고 예속된 관계에서 벗어나 자주적이고 자율적인 관계로 변하고 발전해 가는 데서 인간 해방이 되는 것이지, 여성만의 해방은 현실성이 없고 오해의 소지가 있다고 생각한다. 나는 늘 인간 해방은 남녀가 평등한 입장에서 자율적으로 참여하는 참여 민주주의의 기반 위의 공동체적인 관계에서 가능하다고 생각한다.

내가 공동체의 형태와 협동조합 이론을 살펴보며 느낀 것은 소련이나 중국 같은 국가사회주의나 전체주의적 조직에서도 노동의 평등이나 생활의 평등은 이룩할 수 있다는 것이다. 하지만 남녀가 평등하려면 결

제23회 한국여성대회에서(2007년)

제23회 한국여성대회에서 부모 성 함께
쓰기 선언을 하며

국 개인의 자유가 제한될 수 있으며, 개인의 절대적인 자유는 있을 수 없
으니 결국 인간은 조직적인 연대 속에서 살아야 된다고 본다. 그러나 연
대적인 형태, 공동체적인 연대의 형태는 전체주의처럼 일률적일 수 없
고 다양할 수밖에 없다. 사회에서 보는 다양한 협동 공동체의 형태, 농
촌협동조합이나 생활협동조합 등 공동체적인 연대로 이루어진 다양한
공동체 형태를 보면 국가 이념이나 국가 전체의 보편적인 이념은 평등
을 전제로 한다. 어쨌든 개인에게 주어진 무한한 절대적인 자유를 어느
정도 제한하는 공동체 형태를 선택하는 것이 진정한 자유다. 키부츠나

모샤브의 형태가 나올 수도 있고, 다양한 가족의 형태나 생활공동체의 형태 중 개인이 선택할 자유가 있는 것이다.

키부츠는 전반적으로 경제, 사회, 가족 등 모든 면에서 개인을 단위로 전체적으로 평등한 급진적인 형태지만, 모샤브 같은 도시의 느슨한 협동조합 형태도 있다. 가족생활을 하며 생산 활동만 협동으로 한다면 부분적으로 연대가 되고, 노동조합은 노동조합대로 협동적인 연대 조직을 형성하는 것이다. 농촌은 농촌대로 가족생활, 생산과 소비를 부분적으로 연대해 개인의 자유를 제한하는 정도를 각각 다르게 할 수도 있다. 이처럼 공동체 조직의 형태로서 평등을 유지하면서 개인은 공동체를 선택할 수 있는 자유를 갖는다. 개인은 공동체 구성원으로 공동체의 질서와 규범 그리고 개인의 자유를 스스로 규율하면서 함께 살아간다. 이것은 협동조합 등 공동체 자체가 평등을 전제로 하기 때문이다. 이 공동체에 성차별은 없지만 능력의 차이에서 오는 차등은 있을 수 있다.

공동체 안에서 '내가 무슨 일을 하느냐'의 문제는 트랙터를 모느냐, 부엌에서 일하느냐 등의 구체적인 자기 직업이라고 할까, 역할이라고 할까, 이런 것은 사회적인 차별에서 오는 것이 아니라 개인의 차이에서 오는 것이어야 한다. 개인의 능력, 취미, 기호, 전문성에 따라 직업이나 사회적 역할을 선택할 수 있고 자기 일을 맡아 할 수 있어야 한다. 보통 사회주의나 민주주의에 대해 논할 때 자유와 평등을 갖고 이야기하는데, 이때 공동체 조직의 형태에 대한 논의가 빠지면 의미가 없다고 본다.

인간 사회에서 개인의 자유는 제한받을 수밖에 없다. 그러니까 자유를 제어하는 것은 평등이라는 보편적인 원칙을 가지고 하는 것이다.

평등을 유지하는 여러 형태의 공동체를 만들어 개인에게 공동체를 선택할 자유가 주어지면 된다. 어느 공동체에 속하든 공동체 질서는 자발적으로 지켜야 한다. 우리의 자유가 억압된 자유이고 일률적으로 강제된 자유가 아니라 내가 공동체 형태를 선택한 만큼 선택에 따른 책임을 져야 한다는 점에서 나의 개인적인 자유는 나 스스로 제한할 수밖에 없는 것이다. 협동체 사회에서 개인의 평등과 자유를 어떻게 조직화하고 어떻게 운영하느냐가 내가 쓰고 싶은 책의 주제인데 너무 복잡하다. 너무 복잡해 쓸 수 없었다. 우리 사회에서는 그냥 각자 입장에서 자유와 평등만 주장할 뿐 이것을 어떻게 구현할지에 대한 고민이 없다. 이스라엘 사람들은 이런 문제의식에서 국가를 조직해 나가고 있는데…….

열린 가족, 평등한 가족을 꿈꾸며

나에게 이상적인 가족은 평등을 전제로 하는 열린 가족, 평등 가족으로 어떤 하나의 모형이 아니라 인간이 창조해 가는 것으로 생각한다. 우리는 가족을 창조할 수 있는 능력을 갖추어야 한다. 1960년대부터 나는 가족 형태와 결혼 형태를 논하며, 원시사회에서 나타나는 다양한 결혼 형태에 대해 이야기했는데 동성애 가족은 예측하지 못했다. 동성애는 이성 간의 접촉은 아니지만 여학교 때부터 동성끼리 '언니다, 동생이 다' 하는 경험이 여성들에게는 있다. 플라토닉 러브(platonic love)도 동성 애라는 말이 있지만 가족과 관련시켜 동성애 가족이라고 생각하지는 않 았다. 일부일처제에 기반한, 일부일처 사이에 낳은 자식과 그 부모로 구 성되는 가족이 법적 가족이다. 그런데 현실적으로 우리 사회에서 가족 형태는 다양하다. 우리나라는 동성애 가족까지 법적 가족으로 인정하 지 않지만, 몇몇 나라는 동성애 결혼뿐만 아니라 동성애 가족도 법적 가 족으로 인정하고 있다. 이것은 내가 멀리 내다보지 못한 것이다.

나는 한때 결혼은 어디까지나 이성 간의 결혼을 전제로 하는 입장에 서 이성 간의 자녀 출산은 자연적이며 인간의 생물학적인 기반 위에 가 족을 인정했다. 동성애는 자연적인 자녀의 출산이 없기 때문에 동성애 가족은 가족 범주에 넣지 않았다. 이제 나의 가족에 대한 개념이 바뀌어 동성애 가족도 가족으로 보고 있다. 열린 가족의 입장에서 '꼭 내가 낳 은 자식이 아니라도 데리고 살 수 있고, 우리 희경이하고 나하고 사는 것 도 동성 가족'일 수 있다. 이제 '이성 간에 출산한 자녀를 기반으로 가족 을 개념화하고 법제화하는 것'에 반대한다. 가족 형태의 다양성을 인정 해 열린 가족이 법적 가족으로 다 포함되어야 하고 법적 규제도 없어져 야 한다. 그러니까 사회가 만들어놓은 하나의 정형화된 가족 모델을 없 애자는 것이다. 다양한 가족의 형태를 인정하고 가족이 아니라 개인이 사회의 단위가 되도록 바뀌어야 한다.

유관순상을 받고 희경 씨와 함께
(2005년 3월 31일)

　우리 사회의 모순은 헌법상으로 개인의 자유와 평등을 기반으로 하면서 사회복지 면에서는 전부 가족을 단위로 하고 있다는 것이다. 그리고 가족 개념도 가부장적인 가족이기 때문에 모순이 많다. 그러니 현실에서의 가족이 법제화된 가족을 자꾸 깨고 나가야 한다. 가족이라는 것은 결국 '같이 살고 싶은 사람이 같이 살면 그것이 가족'이다. 앞으로 가족 개념은 이렇게 바뀔 것으로 본다. 내가 어떤 노인을 어머니라며 모시고 살 수도 있다. 정적인 인간관계로서 어머니처럼 모시고 사는 것이다. 어린아이 생활비나 양육비도 사회보장으로서 누가 길러도 받을 수 있어야 한다고 본다. 부모로서의 경제적인 책임이 아니라 단지 내가 인간 생명이 좋아 같이 데리고 사는 것이다. 그리고 내가 아이의 인권을 존중하며 돌보는 것이다. 다른 책임은 없다. 이것이 내가 생각하는 가족 개념이며, 가족 개념은 앞으로 많이 달라져야 한다. 가부장제의 혈연과 혈통에 묶인 가족에 대한 개념이 달라져야 한다.

성에 대한 인식 변화와 결혼 제도의 다양화

나는 내 생활이 그래서인지 성 해방이나 성 문제, 특히 남녀의 육체적인 관계나 성의 정치학을 어느 정도 인식하고 이해하면서도 그 분야의 논문은 별로 쓰지 않았다. 요즈음 젊은 사람들처럼 육체적인 관계에서의 평등, 차별, 억압 같은 성 문제는 내가 별로 논하지 않은 주제다. 남녀 관계나 가족 관계도 자연히 결혼 제도의 다양성이라든지 결혼 제도에 대한 입장, 가부장제에서의 성차별 정도로 다루었다. 육체적인 성관계, 성 경험에 대해서는 구체적으로 접근하지 않았다. 사회학을 전공했으니까 1980년대까지는 성차별이나 성 문제를 사회구조, 권력 구조, 세계적인 차원에서 자본주의와 관련해 설명했다. 남자 대 여자 관계, 특히 성관계 차원에서 내가 별로 논하지 않은 것은 사실이며 구조적인 접근을 하는 입장이었다. 그것이 나의 약점임을 인정한다.

1990년대로 오면서 젊은 사람들이 성 문제를 가지고 굉장히 신랄하게 이야기했는데, 내가 말할 수 있는 것은 어디까지나 관념적이고 이념적인 차원의 것이지 경험적인 차원은 되지 못해 나는 그 부분을 별로 다루지 않았다. 하지만 가족의 다양성을 인정해야 한다든지, 동성애 가족, 모자 가족 등 다양한 가족 형태를 인정해야 한다든지의 논문은 썼다. 성을 일부일처제 가족 속에 가두어두는 데 대한 나의 비판은 결국 구체적으로 남녀 관계나 성 경험 등을 실증적인 차원에서 논한 것이 아니라 이념적인 차원이나 제도적인 차원, 가족 관계의 차원에서 비판하는 것이었다.

요사이 내가 나 자신에 대해 놀란 일이 있는데, 1960년대 후반인가 1970년대에 ≪월간중앙≫에서 나보고 결혼 제도에 대해 청탁한 원고 때문이다. 그 글을 다시 읽어보았는데 내가 그때 그런 소리를 했던가 싶다. 내가 평소 생각한 것이 지나고 보면 모든 면에서 한 20~30년을 앞서 간 것 같다. 1970년대까지만 해도 내가 쓴 글에 대해 아무런 반응이 없었다. 그런 글 중에는 성의 자유에 관한 것도 있었다. 우리 사회가 원래 그렇지만, 요즘이라면 내가 쓴 글에 대해 찬성하든 반대하든 여성들의 반응이 있었을 것 같다. 당시에는 내 글의 내용을 그대로 인정하는 것인지 반대하는 것인지 나도 의심스럽게 생각했다. 아마 그 글들에 대해 별 반응이 없어 내가 20~30년을 앞서가는 소리를 겁 없이 내놓은 게 아닌가 한다.

이스라엘 키부츠에서 사람들이 결혼의 자유를 누리는데, 나는 결혼을 제도적으로 꼭 권하는 것은 아니고 동거 생활도 괜찮다는 입장이었다. 그래서 한때 키부츠처럼 성차별 없이 참평등을 누릴 수 있는 사회경제 형태의 소사회인 공동체에 혹해 있었다. 스웨덴의 동거가족(Cohabiting Family)이나 미국의 오네이다 공동체(Oneida Commune)[1]에서의 성의 자

---

1   1830~1840년대 미국에서는 유토피아 공동체 운동이 유행했다. 그중 가장 유명한 공동체로

유로움에 대한 것으로, 스웨덴의 동거가족에 대한 관심은 내가 이스라엘에 갔다 온 후의 일이다. 이스라엘에 가서 키부츠 등 공동체에 대한 의식이 확대된 상태에서 스웨덴의 결혼 생활을 보니 '이럴 수도 있구나'라고 생각했다. 학생들에게 여성해방 이념으로 경제적인 독립, 직업의 평등, 엄격한 일부일처제가 아닌 가족의 다양성, 남녀 관계에서 여성의 성적 자기 결정권 등에 대해 가르치기도 했다. 1970년대 서울대 가정대학 대학원생들이 이화여대에 와서 내 강의를 들은 적이 있다. 학생들에게 "여자가 독신으로 살 수 있는 자신과 독립성이 있을 때 참평등한 결혼이 가능하다"라고 했다. 학생들은 내가 하는 말이 무슨 소리인지 알아듣지 못하는 것 같았다.

1960년대 내가 주부들을 대상으로 연구하면서 이화여대 졸업생들의 이야기를 들어보면 '모든 여자들이 남편과 아이들이 오기를 기다리고 있다. 맨날 누가 오기를 기다리는 것이 주부 생활'이라고 했다. '한국 여자의 삶은 남자한테 매여 남편과 자식들이 돌아오기를 기다리는 것'이라는 말이었다. 그래서 그들에게 "한국에서 결혼은 여자가 남자한테 매여 사는 것이고 심리적으로도 의존해 사는 것이다. 이것은 진정한 결

1848년 뉴욕주에서 존 험프리 노이스(John Humphrey Noye) 목사가 설립한 오네이다 공동체를 들 수 있다. 이들은 종교적·정치적 이상주의를 바탕으로 국가와 사회의 발전을 시도했던 그룹으로 19세기 미국인들이 가졌던 이상향을 반영하고 있다(엮은이 주).

혼이 아니다. 어디까지나 혼자 살 자신이 있는 사람이 결혼해야 진정으로 평등한 결혼을 할 수 있다"라고 했더니 반응이 없었다. 이런 무반응은 참 재미없는 것이었다.

젊은이들의 변화, 인권과 예의

"나는 당신하고 안 살아도 좋아, 아기만 하나 낳고 싶어"라고 말하는 여성들이 있을 정도로 여성들의 의식 변화가 이만저만이 아니다. 이것은 한국 사회에서 되돌릴 수 없는 큰 변화라고 생각한다. 이제 젊은 세대는 모두 변화되었다. 기득권층, 나이 먹은 세대가 권력을 틀어쥐고 자식들에게 자꾸 '그러면 안 된다, 어쩐다'고 억압하면 세대 갈등이 생긴다. 이제는 의식화된 세대들이, 여성들이 남성들만 쳐다보고 욕하고 사회만 쳐다보고 욕하고 반항할 것이 아니라 자신들 스스로 개혁하는 인간 개혁을 해야 한다고 본다. 이제 여성들이 '자기 삶에 책임을 지고, 자기들이 요구하는 사회가 어떤 사회이고, 그것을 어떻게 창조해 갈 것인가'라는 질문을 던져야 한다. 그러기 위해 도덕성이 따라야 되고 지식과 함께 지혜도 있어야 한다. 과학과 철학을 연구해야 하고, 과학과 철학을 통해 생활을 어떻게 변화시킬지에 대한 지식과 지혜를 갖추면서 도덕적인 실천을 하고 책임을 져야 하는 것이다.

요즈음 젊은 아이들이 자기 개성을 발랄하게 표현하는 것이 무서울

정도다. 그런 데서 능력이 발휘된다고 생각하는데, 능력 발휘만이 문제가 아니라 능력 발휘가 공익을 향하고 타인을 배려해야 하는 것이다. 남을 배려한다는 것은 결국 남을 사랑하며 공존·공생해야 한다는 것을 뜻하며, 내 인권을 소중히 하고 향유하는 만큼 남의 인권도 존중해야 한다는 것이다. 그래서 우리 전통에서 예의의 문제를 우리가 다시 생각해 보아야 한다. 인권을 내세울 때 내 인권만이 아니라 내 어린 자식의 인권도 생각해야 하고, 부부간에도 육체적으로 사랑한다고 해서 인권을 무시하면 안 되는 것이다. 인권을 생각한다면 부부간에 예의를 지켜야 된다. 참사랑과 예의, 인권과 예의, 우리의 전통적인 예의가 너무 가부장적 인간관계를 강조하는 입장에서 이해해서 문제지, 민주적이고 평등한 관계에서 예의는 사람 사이의 존중으로 재해석할 수 있다.

인권 문제를 민주적이고 평등한 관계에서의 예의라는 입장에서 재해석하면 자식의 인권을 존중하는 방향, 자식에게 예의를 지키는 방향으로 우리가 교육해야 된다. 과거처럼 말로만 예의를 내세우고 가부장제를 강요하는 보수적인 입장에서 효를 강조하는 것은 가부장제를 강조하는 것이다. 김용옥 선생도 효(孝)의 문제는 타인을, 그리고 부모를 공경하는 것뿐 아니라 인간을 공경하는 것이며, 모든 인간에 대한 공경이 이퇴계가 내세우는 경(敬)이며, 타인의 인권을 존중하고 타인에 대해 예의를 지키는 것이 예(禮)라고 했다. 서구에서 예의는 대개 부르주아 사회에서의 에티켓이고, '부르주아 사회의 에티켓'이라는 점에서 우리가 거부감을 가지게 된다. 그렇다면 민주 시대에 인권이라는 예의는 인권 존중의 문제로 중요시해야 할 것 같다.

나에게 부담스러운 '여성운동의 대모'

매스컴에서 나를 '여성운동의 대모'라고 하는데, 그런 말은 부담스럽고, 그저 나는 한평생 여성운동을 해왔고 여성운동이 잘되기를 바라는 한 개인일 뿐이다. 내가 우리 민족문제에 관심을 갖고 일찍이 외국에 나가 공부할 수 있는 기회가 있었고 귀국해 가족 문제와 여성 문제를 연구하다 보니 남들보다 먼저 그런 문제를 깨우치고 생각한 것뿐이다. 귀국해 학생들을 가르쳤지만 1960년대 학생들은 시대적으로 내 강의의 의미를 이해하지 못해 받아들이지도 못했다. 시대가 변하면서 성차별을 당한 젊은 세대들이 스스로 깨우친 끝에 여성운동을 조직했다. 내가 앞서 여성 문제나 가부장적 가족 문제에 대해 이야기한 것 중에 어느 정도 일치하는 것도 있고 하지 않는 것도 있겠지만, 이제 나보고 여성운동의 대모라는 소리는 안 했으면 좋겠다.

1980년대에 들어와 이화여대에서 해직된 후 군사정권 아래서 사회 민주화 운동에 보다 관심을 갖게 되었다. 1980년대 여성들의 소그룹 조직 운동이 일어나고 여성평우회, 여성의전화 등이 생겼다. 성폭력대책위원회를 만들고, 1986년 권인숙 성고문 사건[2] 등이 나고, 노동자들이

WCD(Women Cross DMZ) 기념 스카프
를 들고 제자들과 함께(2015년 5월 24일)

'남북어린이의 생명과 안전을 위한 여
성들의 호소' 선언을 마치고 제자들과
함께(2015년 10월 14일)

직장에서 성희롱과 성폭력을 당하는 일이 일어났다. 1970년대 여성노
동자들이 자녀 양육 문제, 자녀의 사회 보육 문제를 제기했고, 주부들도
의식이 변화하면서 '주부들이 어떻게 살아야 할까?'라는 문제의식을 가

---

2 1986년 6월 경기도 부천경찰서에서 학생운동가 권인숙을 성고문한 사건이다. 다음 해 벌
   어진 박종철 고문치사 사건과 함께 전두환 정권의 부도덕성이 드러난 사건으로 평가된다.
   부천 경찰서 성고문 사건으로도 불린다(엮은이 주).

지게 되었다. 그러면서 한국여성민우회가 조직되고 생활협동조합이 조직되고 부분적으로 여성학의 보급을 통한 의식 개혁이 일어난 것이다.

민주화운동, 여성운동, 통일된 민주 사회

민주화운동, 여성운동, 통일된 민주 사회상에 대한 이야기는 너무 큰 문제고 우리가 다 같이 생각해야 할 문제다. 예전부터 나는 통일 사회를 생각할 때 흡수통일은 아니고 북쪽에서 생각하는 주체 사회나 공산화도 아니고, 평화적인 통일을 점진적으로 이룩해 가야 한다고 보았다. 우리가 어떻게 할지는 우리의 민족적인 과제다. 민족적인 과제로 여러 변수가 작용하는데 절대적으로 우리 이념대로 되는 것은 아니며 남북이 자주 만나면서 우리가 주체적으로 어떻게 대응하고 우리 이념을 지켜가느냐 하는 것이 문제다. 쉽게 말해 우리가 어떻게 다 함께 잘 사느냐 하는 문제로, 남북이 체제적으로나 경제적인 수준에서 격차가 너무 심하므로 경제적인 기반부터 남북이 함께 살 수 있게 분야별로 모델을 만드는 것이 어떨까 한다. 은행을 만들어 경제적인 기반을 만들거나 탈북자들이 남쪽에 오면 소외당하고 차별당하는데 어떤 차별을 받지 않고 잘 적응을 해 살 수 있게 하는 등등……. 남쪽에서 키부츠와 비슷한 모델을 만들고 탈북자들을 받아들여 생산, 소비, 문화생활, 가족생활을 같이하는 대(大)공동체를 이론적으로 한번 구상해 볼 수 있다.

또 노동자협동조합 같은 것으로 북쪽 여성들의 기술이나 전문성을 살릴 수 있도록 남쪽 여성들과 함께 남북의 여성이 공동 투자해 경영하는 서비스업 등의 아이디어를 퍼뜨리면 어떨까 한다.

나의 삶에 있어서 열정과 마지막 소원

이제 나의 마지막 소원이 있다. 남북이 화해해 평화통일을 이루는 것이다. 우리 한반도를 가로지르는 분단의 절벽을 넘어 평화스럽게 이웃과 더불어 사는 민족이 되었으면 하는 바람이다. 그게 내 개인적인 바람이고 내 삶이기도 하다. 우리 여성들이 편안하고 행복하게 살아가려면 분단을 극복해야 한다고 본다. 어려서부터 우리 민족과 여성들이 좀더 행복하고 인간답게 사는 사회를 만드는 것, 그것이 내 바람이었고 내 삶의 희망이었다고 하겠다.

나에게는 '여성들을 위해 뭘 해야지'라는 마음이 어려서부터 있었다. 해방된 뒤에도 우리 여성들의 삶은 전혀 나아지지 않으니까. 그런 데서 어릴 적 내 생각이 내 삶에서 여성 문제나 가부장제를 연구하면서 여성운동과 여성·평화 운동으로 나타난 것 같다. 그런 데서 부족하게나마 여성이 인간답게 사는 세상, 분단의 아픔을 넘어 민족이 하나 되어 행복하게 사는 희망을 이루기 위해 그저 노력해 온 게 내 열정으로 나타난 것이다. 살아오면서 내 열정이 그렇게 발휘된 것 같다.

어느 카페에서

이이효재 선생님의 약력과 저술

● 학력

1945~1947	이화여자대학교에서 영문학을 수료하다.
1948~1951	미국 앨라배마 대학교에서 사회학 학사학위를 받다.
1953~1954	미국 장로교신학교(Presbyterian School for Christian Education)에서 기독교교육학 석사학위를 받다.
1955~1957	미국 컬럼비아 대학교 정치학대학원에서 사회학 석사학위를 받다.

● 교수 경력

1958~1962	이화여자대학교 사회학과가 개설되자 조교수로 부임하다.
1962~1967	서울여자대학교 사회학과 부교수로 부임하다.
1968~1990	이화여자대학교 사회학과 교수로 부임하다.
1969~1980	이화여자대학교 여성자원개발연구소를 창설해 소장을 맡다.
1970~1971	한국사회학회 회장을 맡다.
1973	이화여자대학교 환경교육연구회를 조직하다.
1974	미국 피스크 대학교에 교환교수로 가다.
1976	이화여자대학교 여성학준비위원회 위원을 맡다.
1978	한국가족학회 초대 회장을 맡다.
1980~1984	5·18민주화운동에 연루되어 이화여자대학교 교수직에서 해직되다.
1984	이화여자대학교 교수직에 복직하다.
1990	이화여자대학교에서 정년 퇴임하다.

● 사회 활동 경력

1966~1967	이스라엘 노총의 초청으로 이스라엘 노동조합과 협동조합을 시찰하다.
1972	제1차 유엔 인간환경회의(스웨덴 스톡홀름)에 한국여성단체협의회 대 표로 참석하다.

1975	제1차 유엔 세계여성대회(멕시코) 한국 대표단에 참여하다.
1982	해직교수협의회 회장을 맡다.
1983~1997	여성한국사회연구회 초대 회장을 맡다.
1987~1990	한국여성민우회 초대 회장을 맡다.
1987~1998	한국여성노동자회와 한국여성노동자협의회 이사와 이사장을 맡다.
1988	제2차 남북 기독자모임(스위스 글리온)에 참여하다.
1988~1989	인천 일하는여성나눔의집 공동이사장을 맡다.
1988~1994	한겨레신문사 이사를 맡다.
1989~1991	한국여성민우회 생활협동조합 이사장을 맡다.
1990	스페인 몬드라곤 협동촌을 찾아 여성 서비스 협동조합 라구나(Laguna)를 참관하다.
1990~1992	한국여성단체연합 회장을 맡다.
1991	한국정신대문제대책협의회 공동대표를 맡다.
1991	유엔여성개발기금(UNIFEM) "Expert Meeting on Women and Industry (여성과 산업 전문가 회의)"(인도 뉴델리)에 참석하다.
1991	"아시아의 평화와 여성의 역할" 제1차 도쿄 토론회(남북한 여성 제1차 교류) 공동대표를 맡다.
1992	유엔 인권소위원회에서 정신대 문제를 제기하다.
1992	"아시아의 평화와 여성의 역할" 제2차 서울 토론회와 제3차 평양 토론회에 참석하다.
1992~1997	한국여성사회교육원을 창설해 이사장을 맡다.
1993	북한 전후보상대책위원회가 주최한 평양 국제토론회에 참석하다.
1993	통일원 고문을 맡다.
1997~1998	사단법인 한국여성사회교육원 대표이사를 맡다.
1997~2002	여성한국사회연구소 이사장을 맡다.
1997~2010	사회복지법인 경신재단 부설 사회복지연구소를 창설해 소장을 맡다.
1998~2002	진해 YWCA 이사를 맡다.

1998~2020	창원여성의전화 고문을 맡다.
1999~2009	진해시 여성정책발전위원회 위원을 맡다.
2001~2020	진해여성의전화 고문을 맡다.
2003~2008	진해기적의도서관 운영위원장을 맡다.

● 수상 경력

1986	『분단시대의 사회학』으로 제26회 한국출판문화상을 받다.
1990	심산사상연구회가 수여하는 제5회 심산상을 받다.
1993	한국여성단체협의회가 수여하는 올해의여성상(윤정옥과 공동 수상)을 받다.
1994	한국기독교교회협의회(KNCC) 인권위원회가 수여하는 인권상(윤정옥과 공동 수상)을 받다.
1997	제14회 여성동아 대상을 받다.
1997	이화여자대학교가 수여하는 제3회 자랑스러운이화인상을 받다.
2001	비추미여성대상 해리상을 받다.
2002	평화를만드는여성회가 수여하는 평화공로상을 받다.
2005	제4회 유관순상을 받다.
2005	제1회 허황옥평등상을 받다.
2008	제1회 진해김달진문학제 특별상을 받다.
2009	제19회 향기로운 시민불교문화상 특별상을 받다.
2012	YWCA가 수여하는 제10회 한국여성지도자상 대상을 받다.

● 주요 저술

1968	『가족과 사회』. 민조사.
1971	『도시인의 친족관계』. 한국연구원.
1973	「여성은 지역사회의 주인이다: 지역사회 발전과 여성의 역할」(여성자원개발연구소 교육자료 제1호). 이화여자대학교 문리대학 여성자원

개발연구소.

1973   『인간과 환경』(환경교육시리즈 제1호). 이화여자대학교 환경교육연구회.

1976   『한국 노동문제의 구조』(공저). 광민사.

1976   『한국 여성의 지위』(공저). 이화여자대학교 출판부.

1976   『한국 YWCA 반백년』. 대한YWCA연합회.

1977   「농촌 지역사회 발전을 위한 여성의 역할」(공저). ≪한국문화연구원 논총≫, 제30집. 이화여자대학교.

1978   『여성의 사회의식』. 평민사.

1979   『여성과 사회』. 정우사.

1979   『여성해방의 이론과 현실』(편저). 창작과비평사.

1983   『가족과 사회』(개정판). 경문사.

1983   『제3세계의 도시화와 빈곤』(공편). 한길사.

1985   『분단시대의 사회학』. 한길사.

1988   『가족 연구의 관점과 쟁점』(편저). 까치.

1989   『한국의 여성운동: 어제와 오늘』. 정우사.

1990   『사회학: 비판사회학의 입장에서』(공역). 경문사.

1990   『여성노동시장이론』(역서). 이화여자대학교 출판부.

1996   『한국의 여성운동: 어제와 오늘』(증보판). 정우사.

2003   『조선조 사회와 가족: 신분상승과 가부장제문화』. 한울엠플러스.

2006   『아버지 이약신 목사』. 정우사.

엮은이 소개

강인순은 1954년생으로, 1973년 이화여자대학교 문리대학 인문사회계열에 입학했다. 당시 1학년 7반 지도 교수였던 이이효재 선생님과 처음 인연을 맺은 후 선생님이 돌아가실 때까지 제자로서 반백 년을 함께했다. 사회학은 '분단시대의 사회학'이자 '인간 해방의 사회학'이라는 선생님의 학문적 삶과 실천적 삶을 뒤따라가기 위해 노력하고 있지만 큰 스승님의 가르침에는 많이 부족하다. 하지만 선생님의 고향인 경남 진해에서 선생님과 많은 시간을 함께한 행복한 제자다. 경남대학교 사회학과에 부임해 여성학을 개설했다. 전국교직원노동조합 대학지회 중앙위원, 경남대학교 교수협의회 부회장, 문과대학 학장, 교학부총장을 지냈다. 현재는 경남대학교 사회학과 명예교수다. 지역사회와 관련해 마산창원여성노동자회를 지역 노동자와 함께 창립했으며, 마창진참여자치시민연대 공동대표를 지냈고, 경남여성사회교육원을 만들어 활동했다.

지은희는 1947년생으로, 1965년 이화여자대학교 문리대학 사회학과에 입학했다. 이후 이이효재 선생님의 지도를 받으며 같은 대학 사회학과에서 석사학위를 받았다. 여성자원개발연구소 조교로 시작했으며, 선생님이 해직되고 연구소도 문을 닫자 해고되었다. 대학 동창들이 주도해 창립한 여성한국사회연구회 간사를 거쳐 선생님과 함께 만든 한국여성사회교육원에서 원장과 이사장을 지냈다. 선생님의 실천 정신의 뜻에 따라 여성평우회 공동대표와 한국여성단체연합 상임 공동대표로 활동했다. 또한 선생님과 함께 한국정신대문제대책협의회에서 활동하며 남북 여성·평화 운동도 지속해 왔다. 여성부 장관과 덕성여자대학교 총장을 지냈고, 정의기억연대 이사장으로 활동하는 등 선생님이 가신 길을 뒤에서 함께하고자 노력한 제자 중 한 사람이다.

젠더교육플랫폼효재는 1992년 이이효재 선생님이 김주숙과 지은희를 비롯해 여러 제자들과 함께 설립한 여성 사회교육 단체로 창립 당시의 명칭은 한국여성사회교육원이었다. 2020년 선생님이 돌아가신 후 창립자의 뜻을 잇는 의미로 2021년 정기총회에서 법인명을 젠더교육플랫폼효재로 변경했다. 이 단체는 평화롭고 성평등한 사회를 위해 각종 관련 교육을 연구·개발하고 실시·보급하는 것을 목적으로 한다. 이를 통한 여성의 사회참여와 정치 참여의 확대, 성평등한 문화가 확산되는 데 기여하기 위해 설립되었다. 1997년 서울시 비영리 사단법인으로 등록된 후 2003년 대구여성사회교육원과 경남여성사회교육원의 두 지부를 두었고, 2004년 여성가족부 비영리 사단법인으로 등록되었다. 현재는 서울시로부터 수탁받은 서울시성평등활동지원센터(2017년~현재)와 위드유 서울직장성희롱·성폭력예방센터(2020년~현재)를 운영하고 있으며, 조영숙 대표이사와 황금명륜 원장이 이끌고 있다.

평등·평화 공동체로의 여정
인터뷰로 쓴 이이효재 자서전

ⓒ 강인순·젠더교육플랫폼효재, 2023

기   획 ⏐ 강인순·젠더교육플랫폼효재
엮은이 ⏐ 강인순·지은희·젠더교육플랫폼효재
펴낸이 ⏐ 김종수
펴낸곳 ⏐ 한울엠플러스(주)

초판 1쇄 인쇄 ⏐ 2023년 8월 29일
초판 1쇄 발행 ⏐ 2023년 9월 18일

주소 ⏐ 10881 경기도 파주시 광인사길 153 한울시소빌딩 3층
전화 ⏐ 031-955-0655
팩스 ⏐ 031-955-0656
홈페이지 ⏐ www.hanulmplus.kr
등록번호 ⏐ 제406-2015-000143호

Printed in Korea.
ISBN 978-89-460-8272-4 03810 (양장)
          978-89-460-8273-1 03810 (무선)

※ 책값은 겉표지에 표시되어 있습니다.